ROBERTO
ARLT

EL AMOR
BRUJO

魔幻之爱

[阿根廷] 罗伯特·阿尔特 —— 著
夏婷婷 —— 译

四川文艺出版社

图书在版编目（CIP）数据

魔幻之爱/（阿根廷）罗伯特·阿尔特著；夏婷婷
译. —成都：四川文艺出版社，2022.6
ISBN 978-7-5411-6240-4

Ⅰ. ①魔… Ⅱ. ①罗… ②夏… Ⅲ. ①长篇小说—阿
根廷—现代 Ⅳ. ①I783.45

中国版本图书馆 CIP 数据核字（2022）第 081703 号

MOHUAN ZHI AI
魔幻之爱

（阿根廷）罗伯特·阿尔特 著 夏婷婷 译

出 品 人 张庆宁
策 划 周 轶
责任编辑 苟婉莹
封面设计 尚燕平
内文设计 史小燕
责任校对 文 雯
责任印制 桑 蓉

出版发行 四川文艺出版社（成都市锦江区三色路 238 号）
网 址 www.scwys.com
电 话 028-86361802（发行部） 028-86361781（编辑部）

排 版 四川胜翔数码印务设计有限公司
印 刷 成都东江印务有限公司
成品尺寸 143 mm×210 mm 开 本 32 开
印 张 7.75 字 数 160 千
版 次 2022 年 6 月第一版 印 次 2022 年 6 月第一次印刷
书 号 ISBN 978-7-5411-6240-4
定 价 59.80 元

假如你那苍白脸庞，只有喝了红酒或是心情兴奋才会微微泛红，但读到这里写下的文字会时不时发烫，烫得像一个大火炉，那对你可真合适。世间最大的恶就是轻佻。所有能意识到的东西都是恰到好处的。

——奥斯卡·王尔德《我生活的悲剧》

目录

巴尔德尔找寻刺激

　　搭在左手臂上对折的羊毛大衣、锃亮的皮鞋、毫无褶皱的西服，再加上脖子正中间精致的领结（他平时可不注重这细节），这一切都显示出埃斯塔尼斯劳·巴尔德尔要去办件大事。看来这要办的事没那么愉快：他慢吞吞地走在宽敞的石子路上，时不时警惕地看看周围，街道两旁满是电线杆，居民的窗户上挂着草席窗帘。

　　"这会儿溜走还为时不晚。"他想了一会儿，依然犹豫不决，只得继续往前走路。

　　前面快到了。一阵风从蒂格雷的河道里刮来死水的腐臭味，他停在一间房子面前。这房子是用铁栅栏围起来的，栅栏后是一个小花园，客厅的木制百叶窗也上了锁。一棵绿色棕榈树在花园里张开它扭曲的扇型叶子，上面长了苔藓。他站在门口，在门上找门铃，在本该有门铃的位置只露出了几根破损和氧化了的铜电线。他想：

　　这家人可真不会料理生活。然后，就用手掌拍起门来。

　　这家人正在等待他的到访。铺了马赛克地砖的院子里放着一堆蕨类植物和天竺葵的花盆，一位脸庞发红的年轻姑娘捯着小短腿跑了出来，眼神极为傲慢无礼。她走到门口，从栅栏间向他伸出手来，另一只手打开门闩。她说：

"请进……别忘了，我提醒您要保持冷静。"

"您别担心，祖列玛。"巴尔德尔厚着脸皮微微一笑。但仔细观察就会发现，他的眼睛并没有露出笑意。他好奇地看着四周，突然发现，微笑在这种环境中真是不合时宜，于是他尽力抑制笑容。但他的脸上仍抑制不住地露出一种恶意的嘲讽。好在这年轻姑娘走在他前面，背对着他。她走到客厅门前，反复按动门把手，想把门锁从松松的螺丝中脱开。这位拜访者心想：

"毫无疑问，这家人真是马虎。没有门铃，门锁也坏了。"

年轻姑娘弯腰去检查门把手，同时不断告诫他：

"你要镇定，要控制好情绪，要听话。堂娜苏珊娜的脾气很坏，但人是好人。"

房间里的人打开了门，我们的主人公进了客厅，他看到这地方破败不堪，丝毫没有温馨的感觉。

这间客厅一片昏暗，墙壁长期受潮。他的眼睛好不容易才适应了这幽暗的环境，透过半开的门缝中射入的光线，看到了一台没有镶边的钢琴，特别像灵柩。钢琴上方挂着一幅画像，上面画着一位穿着军装的白胡子老人，头转向一侧，留下四分之三的面部。这幅画下面挂着一张猴脸小姐的照片，她穿着笔挺的裙子，身后是一片粉红色背景。

在另外一面墙上，他发现了一个雕刻着劣质花纹的锡盘。还能看到三张褪色的椅子和一张沙发，这就是客厅全部的家具了。

"这家人真是穷显摆。"巴尔德尔做出这个判断，将大衣和帽子放在了沙发上。他意识到他的眼神又露出了嘲讽的意味，害怕有人会看出来，便装出一副陷入沉思的严肃表情。他回过头，再次盯着墙上中校的画像，心想：这人看起来挺有活力的。

有人在开客厅与房间之间的门，突然插销脱落了，"啪"的一声掉在地上，门开了，一位五十来岁的女士走了出来，身上裹着紫色披巾。她看了一眼来客便皱紧了眉头——尽管如此，她依然挺直了身板。她的白头发在脖颈上方剪得很齐整，给她冷酷的眼神中闪烁的活力加了不少分。她的下唇和下巴有些下垂，看起来有些衰老，两根深深的皱纹穿过她的太阳穴、嘴角和鼻翼，使她更显衰老。她坚毅的眼神看向巴尔德尔的眼睛，后者还没等这位女主人说出一个词，就脱口大嚷：

"真是要命，这里没有一个门锁是好的！"

女主人离开这位年轻人两步远，露出了女演员般受侮辱的表情。祖列玛在她身后，给她介绍：

"这位是巴尔德尔工程师，这位是苏珊娜·罗阿弋萨太太。"

巴尔德尔见这位女主人没伸手致意，便把手插进了口袋，他的思绪飞速运转："一出好剧开演了。"

罗阿弋萨太太开始发起进攻了：

"这位先生，您有何贵干？"

巴尔德尔闪过一个念头，他既不是"先生"，也不想成为先生。他也没有欲望给这位对话者解释，"先生"这个词是擦皮鞋的在脏乱的商铺门前招揽客人才喊的。最后他摇了摇头，像是要战胜自己的羞怯，接受一个无法避免的残酷命运。

"太太，您知道，我是来请求您准许我和您女儿伊莲内交往。"

老人将双手放在胸口，几乎叫喊了起来：

"这太可怕了，真是太可怕了！我怎么会允许我女儿和一个已婚男子交往？您结婚了吧，他们告诉我您是有妻室的人？"

巴尔德尔很轻松地回答说："太太……相信我，一位小姐跟已婚人士交往可不是最可怕的事情。"他随即看向朋友祖列玛，仿佛在对她说："您满意了吧？我可是按您说的，保持冷静。"

"这真是可怕……太可怕了……"

巴尔德尔丝毫不为所动，继续说道：

"我看这事儿不可怕。看不惯这事儿才是可怕的。只要习惯了这事儿，就不会觉得受什么影响了。而且已婚人士也可以离婚啊，不是么？"

他的声音很低，带着甜美的和很有说服力的味道。

这位充满活力的太太脸涨得更红了，回道：

"罗阿弋萨中校的女儿跟一个离过婚的人结婚？休想……休想……我宁可让她去死。"

巴尔德尔很想跟她解释，他可没想跟她谈第二次婚姻，他只想和她女儿保持一些简单又单纯的关系，这跟她提出的话题完全是两码事。在这个当口，这位罗阿弋萨太太口中"宁可让她去死也不愿意让她跟离婚人士结婚"的小姐静悄悄地进来了，向埃斯塔尼斯劳微微一笑，靠在钢琴边上。

她是个十八岁的少女。昏暗的光线以微弱的清晰度勾勒出她宽宽的脸庞来。巴尔德尔仔细瞧着她苍白的凸起的脸颊，这脸颊他以后可以吻上无数次。他感到自己的快乐在这双黑绿色眼睛注视的炙热高温中融化了，这种眼神让这姑娘看来像只猫那么内敛。棕色斑点的罩衣包裹住了她隆起的胸部，堂娜苏珊娜看着女儿，惊呼：

"你这个不要脸的，你欺骗了你母亲。"

小姑娘眉头间皱出了三条皱纹，像是低音提琴的三根弦，母亲又冲她朋友祖列玛喊道：

"啊！祖列玛，祖列玛……中校不在世了，不然他会整顿这个家的秩序。"她重申，"我宁可让她去死也不愿意看她跟个离过婚的人结婚。那么……您开始办离婚手续了么？"

"还没有，但我很快就会开始办。"巴尔德尔沉默地看着年轻姑娘，心神荡漾。姑娘靠在钢琴盖上，露出一种过来人的眼神，完全明白一个男人想从她这儿获得什么愉悦，也知道男人为了得到这个愉悦该如何报答她。

大家都能看出来，这太太就等着巴尔德尔说这些话，想抓住她大呼小叫的借口：

"不不不。我女儿绝对不会和一个离婚人士结婚的。我会变成大家的笑柄。"

"为什么，太太？"祖列玛坐在沙发边缘，"您那天不是为华雷斯太太离婚而高兴么？"

"那不一样。"中校的遗孀狡辩道，"利亚·华雷斯的丈夫太野蛮了……她提出离婚是正确的。另外……这事儿我也不大在乎。如果伊莲内不听我的话，那也得听战争部长的命令。"

巴尔德尔眼神变了样。

"这跟战争部长有什么关系？"

"怎么没关系？战争部长是我女儿的庇护者……"

"庇护者？"

"当然了。您不知道战争部长是所有军人家庭中未成年孤儿的庇护者么？"

巴尔德尔咬了咬嘴唇，忍住想大笑的冲动，心想：

战争部长要是得管这些女人的破事儿，那可太为难了。他讽刺道：

"无论如何吧，我觉得您要是不同意我跟伊莲内来往的话，就不会接待我了。不然我们的对话有什么意义？"

"先生，我接待您是为了跟您说，忘了这位总瞒着她母亲的虚伪姑娘，您还是把爱情的心思放在您妻子身上吧。"

"我跟我妻子已经分居了。而且您也会理解，我的爱情只能给配得上的人。您女儿和我……怎么说呢？我们被极其复杂的命运之绳捆绑在一起。这点您可能理解不了……这也不会影响我们关系的进展，无论您同不同意，我都会跟伊莲内继续保持关系的。"

听到这样的回复，女主人就只能把到访者逐出门外或是在无用的念头中平静下来。中校的遗孀谨慎地选择了后一条道路：

"不，不，我绝对不允许我女儿跟个离婚的男人结婚。"

众人陷入了沉默。

巴尔德尔想：

这老女人可真顽固、真粗暴。这点毫无疑问。而且我来她们家又不是来谈结婚的，只是来请她允许我跟她女儿交往，这跟结婚可大不一样。

他再次好奇地审视黑暗中这张脸，布满皱纹的凹陷腮帮像是泥塑的。

他得说点什么来回应：

"您的态度可真是荒谬，太太。"

他止不住地想："自称正经人家的太太，可她自相矛盾的地方也太明显了。一方面死活不肯让她女儿跟我结婚，一方面又急切地想知道我是不是开始办离婚手续了。我敢用脑袋打赌，这位寡妇太太能把女儿的任何一个追求者拉去民政局登记。"

但有伊莲内在场，他讽刺挖苦的脾气就消失了。她站在黑暗里，双手交叉放在胸前，让他回想起那些没能完整享受欢愉的日子，那些日子里，享乐仿佛变成了蓝色的冰雪之国，那里所有的可能性都变得真实而美好了。这个老太太却让他产生没来由的厌恶。

罗阿弋萨太太接着说：

"不管我态度荒不荒谬，伊莲内都得听我的。"

"那您得用镣铐锁住伊莲内。"

"这小屁孩要是敢这么做，要是敢，我就把她塞进修道院，直到她成年。明天我就把她交给战争部长。"

巴尔德尔真有点伤心了：

"太太，这么做就让人遗憾了。伊莲内和我能互相理解。我很爱她。我爱她，我像一位父亲对女儿一样待她。如果您这么做，那可真是遗憾。"

"那么说，您所做的是尽了绅士的义务喽。"寡妇回道。

巴尔德尔沉默了。他压制了冲动。他可很能挖苦人，但什么也挡不住这刻薄的人恋爱。他爱上了伊莲内。他沮丧地回答：

"我像父亲一样照顾她，待她像对待自己的亲生女儿一样。"

伊莲内盯着他，仿佛提醒他，他俩之间的亲密动作可不是父女能做的。她露出冷笑，仿佛对他说："小子……你可真是一个不要脸的伪君子。"

巴尔德尔接着说：

"像我这个年纪的男人像父亲一样爱一个小女孩（他可真是小丑与悲剧人物的混合体），他们的命运就不能被打断。伊莲内和我彼此十分了解。您到了这个年纪该有足够的阅历，能体谅我们的处境（一大股情绪袭来为他助攻）。我和伊莲内命中注定要永远生活在一起。我们相爱。世界上有多少男的能先离了婚再跟他真心相爱的女人结婚！爱难道是一种罪吗？不是。而且我的生活已经一团糟了。我不爱我的妻子，现在我们分居了。我认识伊莲内的方式是不寻常的，所以我们的关系也应该是不寻常的。我已婚又有什么关系？这有什么重要的？没有，一点儿也不重要。世界上每个国家每天有多少男男女女在离婚？这个数字还没人去统计……但肯定是巨大的。我觉得美国的统计大概5%的人都离了婚。我们相爱就够了。我们能组建一个幸福的家庭。太太，如果您反对，那您就得承担一切后果。对……您得负责。对上帝和所有人承担责任。"

巴尔德尔边说边觉得想要嘲笑自己和这些听众。当他说"您将对上帝和所有人承担责任"时，内心的声音轻轻在他耳边说：臭不要脸，你又不是在剧场演戏。巴尔德尔将内心的话丢在一边，接着说："这就是我们的生活吧，太太？您还是明智点吧。伊莲内爱我。我也止不住地想念她。哦！您要是知道我们是怎么相识的……我在您面前谈及我的爱情，我感觉您能理解我，能理解我高贵的情感并接受它……对，太太……您能接受它，之前您是碍于面子、出于偏见对我说了'不'，但是您的心里在说：行……与炙热相爱的人幸福地生活吧。我的孩子，祝你幸福。"

巴尔德尔边说边想：

她们越是觉得我傻里傻气，越好。

中校的遗孀很可能意识到巴尔德尔一会儿很真诚，一会儿又像个演员，因为她用手指缠绕着三角披肩的紫色流苏，摇着头说：

"您说的都很好，但您得够得上条件啊。您想要的是无法实现的。一边跟您妻子生活，一边还谈着恋爱。不，不，不行。"

"如果我离婚呢？"

"那事情就不一样了。我不知道。我得想一下。但不行，不行，我女儿不能嫁给二婚的。人们会嚼舌根儿的。再说我也不着急嫁女儿呢。她们在家里过得挺好，跟我生活在一起。您现在和妻子住在一起吗？"

"没有，我说过，我们已经分居了。我们没法理解对方。最严重的是我们从来没能理解对方。"

"为什么不直接离婚呢？我的上帝！按我的性格，跟我厌恶的人在一起，十分钟都忍不了。"

"是啊，最好是离婚。我很快就会办手续的。"

　　这谈话无以为继了。院子里的光线变弱了。巴尔德尔感到有点冷，依然保持站立。他两次拒绝入座。他只有走来走去，才能感到对自己有一定的控制。伊莲内不说话。交叉双臂，靠在钢琴盖上，用猫一样的眼神一直盯着巴尔德尔。另外一位年轻姑娘贴着她，时不时跟她窃窃私语。

　　伊莲内突然开口说：

　　"为什么不让姑娘弹下钢琴呢?"

　　"不，不，别弹了。"太太命令道，"已经很晚了。"

　　"那么，太太……您最后的意见……"

　　"不行，绝对不行。只要您还没够得上条件，就没法跟我女儿交往。再说了，伊莲内还年轻……她还得读书。"

　　"她跟我交往又不妨碍她继续读书。"

　　"等她毕业了再说吧。"

　　这位年轻姑娘庸俗电影般的浪漫主义情结爆发了：

　　"他们结婚的那天该有多幸福! 我都能想象伊莲内穿着婚纱，挽着他的手走进教堂了。"

　　巴尔德尔心里讥讽道：

　　这女人真是头蠢驴。她都意识不到这事儿亵渎神明。教会才不会接受离婚。这理论都写在了特伦多大公会的第五、第六和第八条规定里了。

　　"教会不允许离婚，太太。唯一能容忍的是教会法定义的分居，qua torum et habitationes，就是睡在不同房间。"

　　伊莲内用她猫一样的眼神穿过巴尔德尔眼球的晶体，仿佛在思考：

不要脸，居然可以不离婚就跟我求婚，还一副心安理得的样子。对去教堂结婚这事儿还装作生气。我们得修理修理他了。

"这都是神父们随口乱说的。"那位年轻女友辩解道。

"我女儿不能想跟谁结婚就跟谁结婚，她得跟我规定的人结婚。"

"神父们都是说一套做一套的。"

"您还用提醒我么。我认识的那些个随军牧师什么都干，就差……我的亡夫跟我讲过那些事，我记得……"

这场谈话开始拉近彼此距离了。寡妇一再邀请巴尔德尔坐下来。埃斯塔尼斯劳则坚持站着，面朝昏暗的院子。他们的对话到了一个危险的地步。他觉得该走了，看来要不到什么具体的回复。

这些人是头脑简单的人，可能把我当傻子了。他总给这些头脑简单、不善深思的人留下这些印象。

他拿起了大衣：

"太太，我告辞了。很荣幸认识您。我心爱的姑娘有这么好的母亲，我也感到很骄傲。我理解您的疑虑，这不会打击我。您了解我以后就会喜欢我的。到那时，能叫您'妈妈'将是我的荣耀。太太，从今日起，我会尊重您、服从您的命令，做您吩咐的事情。"

寡妇向他伸出手来，匆忙嘟囔出一句"为您效劳，先生"，巴尔德尔就出门去。祖列玛留在了客厅，伊莲内去送他，挽着他的手臂，轻声说：

"你看，我妈挺好的吧？我以为她会对你不客气，但现在看来，你给她留下了好印象。我看出来了，亲爱的。你再耐心一点儿。我们会幸福的，你会看到。"

她那如发烧般滚烫的温度包裹了他全身。巴尔德尔被这温度征服了，嘟囔了句："我不知道我做了什么。唯一……唯一的真相是：我爱你。"

"哦！我知道啦……我知道……"

祖列玛沿着走廊跑了过来。

"埃斯塔尼斯劳……您得谢谢我。我说服老太太啦。她允许您给丫头写信。"

巴尔德尔点头致谢，心里想："要不了三个月，我就会住到这家里来。我估计的不会错，他们看我是个老实人。"

"你在想什么，我的小可爱?"

"我明天能见到你吗?"

祖列玛插嘴道：

"当然了……明晚来家里吃晚饭吧。"

"好，明天 3 点钟吧。"

他依依不舍地与伊莲内告别，再次握手致意。祖列玛特意回头避嫌，巴尔德尔感到，他给伊莲内唇上的吻就像在滚烫的熨斗上一样蒸发掉了。他心想：

现在一切疑虑都消失了。我走上了一条漫长的黑暗之路。

第一章

一桩不寻常之事的前奏

1927 年的一个下午，一位青年在雷蒂罗火车站沿着一号站台边的围墙，紧张地踱来踱去。

他看上去魂不守舍，情绪激动。突然，他停下来惊奇地看着围墙，墙上方伸出钢栅栏拱顶。再往上看就是玻璃穹顶了，玻璃被火车机头喷出的烟熏黄了，光线因此变得稀薄。

不知从哪里传来了刺耳的声音。不知在哪儿的水泵不停地运转。包裹和行李在站台滚动发出的沉闷声响与缓冲器的碰撞声交织在一起。钢筋丛林支撑的黑顶上，阳光被切成一格一格，透着芥末色。

青年依然焦虑地踱步。事后他想要搞清楚自己为什么出现在那儿，但再也想不起来了。他只知道在这之前发生了一件让人很不愉快的事，但自从发生了我们将讲述的奇遇之后，他再也记不起之前的事情究竟是啥了。

他看上去垂头丧气，穿着灰色的西服，西服相当地皱。他的鞋子有点翘了，头发杂乱无章地长到了脖子和太阳穴上。他真是不修边幅，这种人能在家刮刮胡子就不错了。他还有点儿驼背，这一缺陷只能强化他沉浸在思考中精疲力竭的样子。

他在玻璃穹顶下踱来踱去，仿佛想将焦虑的情绪释放出来，这情绪堆在他脸上，表情狰狞。有时候，他忘了自己来这儿的目的，好奇地观察着眼前的车来人往。

一辆火车沿着一个弯道驶出了这拱顶车站，消失在红瓦片顶楼房的后面。他摇着头，仿佛想要说服自己，得沿着火车的路线离开这里。

远处的信号灯就像是纹丝不动的拷打刑具。

青年仿佛听不见那不断重复的隆隆的车轮声。他看着电车进进出出，眼神毫不游移，这表明他全神贯注在解剖自己的内心。

突然，他将目光抬离地面，瞧见一个小女孩正盯着他看。她看上去像个中学生，白色宽边帽子盖住了苍白的额头，鬈发落在她稍宽的惨白的脸颊两边，带有灰色条纹略微发黄的眼睛，脸上有一种猫一样的表情，巴尔德尔后来形容为"小猫样"。

埃斯塔尼斯劳偷偷一瞥，耸了耸肩，继续来回踱步。当他转身回到这里时，这小女孩还是一动不动，挎着的包没用背带背上，而是放在膝盖上，她依然冷静地盯着他看。

巴尔德尔皱起眉来，寻思：

这女孩儿真奇怪！

他现在来回踱步的样子更不安了。他避免看向小女孩的方向，但还是能感到她注视的目光。巴尔德尔突然失去了耐心，停在原地，开始盯着她看，想逼她转移视线。她没有避开他的目光。最终他厌倦了，转身走了。可能就是在那个时刻，他永远忘了他为什么会出现在雷蒂罗车站的一号站台上。

这女学生没有改换姿势，一直靠在墙上，淡然地盯着巴尔德尔走来走去。埃斯塔尼斯劳惊呆了。一般女孩子总会避开男生的目光，除非这女生内心发生了无法解释的精神问题。即使是偶遇的好感，也得有个缓慢的过程。当然，我们还不能将这种情感状态解释为不知羞耻，这些情绪只有当事人才能懂。

巴尔德尔看上去很不安。他还没下决心。姑娘的眼神依然保持梦游状。她看着巴尔德尔，就好像被他催眠了。女性遇到喜爱的男性一般会变得羞涩或恐慌，她却丝毫没有流露出类似的情绪。

埃斯塔尼斯劳继续踱他的步来掩饰慌乱的情绪。

在玻璃穹顶外，被阳光照亮的站台上看上去是一片黄铜色。钟响了，汽笛声混杂着链条的撞击声和刹车的吱嘎声，电车停了下来。

旅客们从列车各个门中一涌而出。他们的鞋底静静地摩擦着水泥地，有人扛着包裹，有人拿着花束。仿皮的纸包击打着旅客的大腿，几个穿着草鞋的孩子在人群中穿来穿去。突然爆发了一声压缩空气的巨响，一阵蒸汽在电车后面冒出来，把钢拱顶裹在了白色云雾之中。喷蒸汽的间隔越来越短暂，大约是一辆火车已经开动了。

巴尔德尔回头张望了下。年轻姑娘已经不在那里了。他失望地转身，又发现她坐在昏暗的列车里从车窗里盯着自己，眼神悠长又神秘。

他情不自禁地上了车。这女学生坐的包房很小，百叶窗卷了一半上去，皮座椅的靠背与火车行进方向相反，这里光线昏暗，像是在跨大西洋游轮上的寝舱里面。

伊莲内安详地转过头来。一阵欣喜的力量将巴尔德尔抛到了云霄。他无法控制自己的情绪，坐在了她对面，姑娘的眼神迅速将他的意志力消散，他都忘了自身教养规定的一些礼仪，他走近姑娘，用两只手指托起她下巴，惊呼：

"我的朋友，多么美妙的相遇啊！"

幸好这节车厢没有其他乘客，姑娘没有拒绝他的爱抚，反而微笑地观察他。她的自信仿佛是无限的。

巴尔德尔坐在她身边，拉起她的手，看着她，眼中流露出无尽的甜蜜，他开口问道：

"您去很远的地方吗？"

"我去蒂格雷。"

"哦，我送您吧……当然我得送您。"他克制不住自己，又装作自己动机纯洁，轻轻抚摸她落到肩脖上的头发。

突然，火车的转向器吱呀作响，发动机的颤动传到了车厢里，座位都摇晃起来了，一股清新空气吹进了车厢，车子驶出了车站，沐浴在阳光中，车厢便亮堂了。

让人晕眩的隆隆声加剧了他的狂喜，让他陷入了陶醉。

列车穿过指示灯伫立的桥洞，车轮在铁轨上发出声响，一辆货车与列车并排行进了两秒钟，逐渐靠近一个黄色的卸货场，中间停着一排排灰色的火车车厢。红色或是涂了柏油的坡屋顶，从眼前不断闪过。绿色的土坡沿着铁轨两旁，画出越来越高的曲线。风疯狂地灌进来，火车驶过一座桥，远处弯曲的海岸线上出现了古铜色的河流。三角形的帆影在远处飘摇，古铜色的河流被一片杨树林垂直切断。

巴尔德尔感到自己越过了这个世界的边界。他自由游走在一个一切皆有可能、万事都合乎情理的地方。那里允许这类荒谬事情发生，譬如靠近一个陌生女孩，端起她的下巴，她不觉得这行为无礼，他也没有产生激情的力比多。

他们聊着天，但谈话声消失在了列车发出的可怕的轰隆声中，火车穿过红色铁栏杆中的桥梁。伊莲内的眼珠上映出异常高大的绿树林。火车仿佛在高空炫目地滑行。从绿树丛的树枝缝隙中，可以瞧见长方形的紫色网球场，马队出现在曲折的道路上继而消失，河流在远处像是被风卷起来的铜片。

巴尔德尔握着姑娘的双手，吞吞吐吐地说：

"哦！如果生活是这样，一直是这样该多好。您多大了？我的朋友。"

"十六。"

他俩都沉默了，沉浸在各自的幸福之中。

列车飞驰的速度给了他们力量，他们都不需要说话。有时候，一群小鸟从地面上飞起，一个人拿着水管冲洗篮球场，土路在绿树丛里蜿蜒，树丛中还有若隐若现的黑色电线杆。他们笑了。眼前突然出现郊区的一条街，石子路被大楼背后倾斜的墙面切断，这些大楼离铁轨只有两米远，灰头土脸的样子。他们能看见院子里晾衣绳上挂着重重的干净衣服，女仆卷起袖管露出胳膊在擦窗户。

过了一会儿，他心想：

我和伊莲内在一起，感到无比安详，似乎上辈子就认识她了。

埃斯塔尼斯劳不记得他们在这三十分钟的旅程里谈了什么。对他来说，谈了什么也不重要。他的幸福来自这位妙龄少女给他内心唤起的一种美感，仿佛给他干瘪灵魂都注入了活力。伊莲内仿佛着了迷、失了魂，天真地盯着他，他的心在发颤，嘴里只能说出：

"哦，我的小妹妹！我的小妹妹！"

车停了下来，车厢横在一条两行歪脖子树装饰的街道中间。卖水果的小商贩坐在她的摊位前，头埋进了打开的报纸里，另一位穿着粉裙子的女士穿过马路，街角咖啡馆的帆布篷底下，几位穿着风衣的男士坐在涂成黄色的铁桌子旁喝着啤酒。

一声汽笛响起，列车开动了，速度越来越快，歪斜的街道消失在身后，随后出现一片荒地，周围是没有修缮过的围墙。一座带有圆形围栏的红色煤气发生炉耸入云霄，这片地区是城郊贫困工人区的延伸，一座座居民房围绕着高高的铁烟囱，由扒钉固定的金属楼梯绕在烟囱上。火车沿着铁轨迅速滑行，窗外变换的景色像被迅速翻开的图书，一页接着一页。忽而看到房子后面的大无花果树，忽而又看到一群孩子沿着铁丝网跑向一个篝火堆，刺鼻的烟雾弥漫开来。

制革厂大楼的后面有晒着牛皮的木架子，浑浊的梅德兰诺河挣扎着爬行。在这里，石子街道变成了柏油马路和土路。一片广阔绿地突然膨胀开来。三座高耸的塔楼组成了三角形，仿佛一个锥形细金属框，将蓝色的天空切割开来。

巴尔德尔挨着姑娘，陷入沉思，贪婪地看着景色。一种从未有过的舒适感压住了他的神经。他对其他女性的做法可能有所不同，但这个十六岁的小姑娘，这么镇定地面对他的注视，竟然没有刺激到他，激起他的欲望，反而让他变得平静，这种感觉比欲望更加甜蜜。伊莲内不是一个女人，而是一种已实现的私密幻想。这姑娘让他产生一种云里雾里的感觉，这荒谬的想法也有好处，给他带来了高贵的感觉和冲动。

他表达得如此清晰，自己都吓了一跳：

"哦！要是你知道……我可以称呼'你'吧？……这一切在我看来很自然！……"

她半合眼皮，微笑着示意，同意他用"你"来称呼她。

"这种场景我不知道梦到多少次呢！对，就是今天这样的场景，小妹妹……哦！当然了……你别笑话我……我很清楚，完全清楚，我的这些梦境都不会实现的，至少在布宜诺斯艾利斯不会。命运却让我的梦境变成了现实，让我如了愿……你想听我说实话吗？你不会笑话我吧？……好吧，我觉得神魔有时也会帮人实现愿望……"

"您是学……"

"不……我是工程师……但工程学跟我们有什么关系呢？……对，我一直在思考，世界上有神魔，不是人们通常认为的头上长角的魔鬼，散布着硫黄的气味，而是一种力量，你知道吗？……是一种无形的力量，突然会关照凡间的一个人，他们会说：这人不赖，我们帮帮他吧。……他们就会帮他。"

伊莲内面露微笑，听他的高谈阔论。

他突然停了下来，激情地亲吻她的手，小姑娘没来得及反抗。然后他看看天空，仿佛通往天堂的门就要打开了。他常常觉得自己能掌控无限。

这柔软的小尤物，背靠窗户斜坐着，沉醉在自己的感官散发的魅力中。

巴尔德尔往后一仰，吃惊地看着她，仿佛第一次看到她，大呼小叫：

"你真好看！真好看！"他抬起手，摆弄着她头发的小卷，忍不住亲吻了一下。

他感到幸福，就像曙光来临，再也感受不到火车的行进和景色的变换。他控制不住自己的热情，再次惊叹：

"哦！如果生活对每个人都这么好该多好……你认同吗？……对不起，我没打扰你吧？……你告诉我，你嫌我烦吗？"

"不，我喜欢听您说话……说吧……您说得很好……"

"我向你发誓，我称呼'你'、抚摸你，都像再自然不过的事情。对，在你面前，我想表现得像个小动物一样纯洁天真。如果你现在请我一起去长途旅行，我愿意陪着你去任何地方，也不去想我们靠什么过日子。"

巴尔德尔没有撒谎。他在这姑娘面前失掉了自我。他的幸福泛起了陶醉的泡沫，克服了一切困难，寻找新的地平线。

"哦！如果所有人的生活都能这样……这样……这样。"

他不再盯着姑娘看，闭上眼睛，品尝着幸福的滋味，沐浴在从原野透入车厢的阳光中。他知道，他会永远爱她，因为她那清澈的眼神给他带来美妙又平静的舒适感，她悠远的眼神就像在暴雨天气里浓密的乌云间透出的长长的光线。

"哦！但你不是凡间的女子……不，你是一个小仙女，背着书包、带着乐谱的仙女……"他克制不住，紧紧抓住她的手，就像达成了一种协议，其条款不言自明。

"您喜欢这风景吗?"

"对……今天下午可真美……"

农家菜园后面是一群瓦房，红色的河流像是爬上了墙走向天际，高低起伏的桉树丛像是一片山脉，随着火车飞驰越来越高、越来越粗陋，最后消失在水平线上。接下来是甘蔗种植园，甘蔗秆像帐篷架子一样交叉，这块园地在几分钟之内不断扩大，直到消失在清除了土块的广场后面，靠在沥青围墙后面一户住宅的铁丝网上。

突然，巴尔德尔抓住姑娘的胳膊，松了松手指，几乎没看她就嘟囔起来：

"也许你难以相信我……我还是称呼'您'吧……也许您不相信我……但我一直期待今日这样的相遇，从上辈子起就等着这一刻呢。当然了，也许上辈子不存在，但假如一个人没有上辈子，那他怎么会能有这么荒谬的信念呢？您不觉得很荒谬吗？您看……现在我又想再次以'你'相称了。告诉我，你不觉得这事儿很荒谬吗？一位学过数学和微积分的男士期待、盼望，而且还特别确信，在一个阳光灿烂的日子里，在火车上、在街道上、在任何地方，将会遇到一位女士……她和他会互相注视，突然惊呼：哦，我的爱人！为什么会这样，伊莲内……你可以告诉我吧，亲爱的姑娘，为什么会这样？"

巴尔德尔真是被欢乐冲昏了头脑，神经都开始痛了，才会问出这样的问题。

"我知道我以'你'相称违反了一切社会礼仪的规定。社会上有这种规定存在，我却把它抛到脑后了。为什么呢？也许我得向你展示我内心的欢乐……在你面前我愿成为一只幸福的小动物……对，就是这样，伊莲内，一只找到了女神而感到幸福的小动物。"

他握住她的双手开始亲吻。她的皮肤像火炉一般烫人。

她感动地看了他一眼，然后转头看风景，风景也在沉默地看着这俩人对轻松获得美好生活的构想。

郁郁葱葱的柳树丛中淌过一条河，河岸与河流是两条平行的地带，永不相交，画出了一条银色与另一条古铜色的线条。

远处能看见粉刷过的凉棚下的游乐设施。车站的红色建筑回响着飞驰而过的火车发出的剧烈声响。对面火车交会带来一阵风，一时间，所有这些声音交织在一起，像是一首关于暴风雨的交响乐，车厢里顿时暗了下来。

巴尔德尔看着这小姑娘，满心感激。他小心翼翼抚摸着她的头发，就像生怕打碎脆弱的物件，他爱慕她那娇嫩丝滑的肌肤和时而发灰的眼睛，眼珠上仿佛还有黄绿色条纹的星星。

伊莲内依然很冷静、很自信，没有拒绝他的爱慕。她看着他，她的微笑越来越有力地压制了他的欲望，将其推下黑暗和痛苦的深渊，就像一个锥形的溃疡。

这姑娘也许没觉察出她同伴的内心在翻江倒海，但她感觉他不会对她起任何歹念。

女性的防御机制首先是感到一位男子可能对她产生伤害。当这种感觉越强烈，女性潜意识里就越强烈地拒绝这位男性越过友谊的界限。

伊莲内知道巴尔德尔不会对她做坏事，很放心地坐在那儿。她精神上的防线已经被撤走了，身体上的防线也随之松懈。

我们顺带观察到，这种互相懈怠的现象很奇怪，伊莲内没有了羞怯的防线，巴尔德尔也能压制住情欲。她根本不去回避任何的爱抚，他也没有产生正常情况下会有的情欲。巴尔德尔抑制不住地叫道：

"请您相信我……我感到太幸福了，比一个原始人得到一把火枪还要幸福。"

为了平复一下情绪，他转头看向风景。他知道她在盯着他看，但他依然盯着窗外越来越多的风车，锡制风车叶随风转动。列车停了下来。一些乘客从木阶梯上飞奔下车。一声哨声之后，列车又继续前行了。

在车站外的角落里出现了一座两层楼高的房子，阳台突在外面，然后是豪华的别墅群。遮阳棚对着院子或是在玻璃门外，让人联想到阴暗的房间。一个个平静的镇子从眼前划过。农夫弯着腰在翻土。远处地里大棚的玻璃顶闪着光。田里的作物上面是一片淡绿色，下面是一片深绿色。这些别墅也有两种颜色，红白的底座和红酒色的顶。一些上了漆、裹了灰的汽车停在一个茅屋前，三个穿着睡衣的居民在一扇金色玻璃窗前交谈。

"你学钢琴几年了？"

"第五年……"

"啊！您真是个勤奋的女孩……对不起……第五年？那都能当老师了啊……那你告诉我……你喜欢我吗？"

"是，您……"

"真的？"

"对，我从来没见过像您这样的人……"

"您可真好啊！对了……我之所以敢抚摸您，是因为这可是我这么多年期待和渴望的馈赠，是我应得的。啊！您不知道我是怎么熬过来的。对我来说，最可怕的不是抚摸你，不是轻吻你的双手或是你可爱的发卷。我坐在你身边，仿佛守着我失而复得的瑰宝。对，亚当失去了天堂，如果他能再次进入伊甸园，他一定会好好触摸如此熟悉的树木，就像我握您的手那样温柔。现在你觉得我花言巧语，那你就错了。我从来不会像现在这样说话。可能是现在我的情感太过丰富，影响了我的话语。我平时是个沉默的人，但在你身边，我会打开话匣，会说很多……我觉得穷尽世界上所有赞美的言辞来形容你都不够。"

"您交过许多女朋友吗？"

"交过……我结识过好几个……您不是第一个……但是，您看，就算是最好的那几个，我也发现了她们的问题……我不知道是什么，这些问题让我的情感凋谢。您瞧瞧，我这么跟您说话真是害臊……她们是能引起我的情欲。您不一样。我仿佛很久以前就认识您了。"

真的，伊莲内看来那么熟悉，契合他思想的习惯，也许正因为如此，她没有勾起他下流的想法。他沐浴在姑娘散发出的热度之中，就像躺在热带海面上的一块海绵。她安详的甜蜜浸入了他的身体，晃动着他随波浮动的身体，大概就像一位母亲抱着婴儿那样。

他努力解释了一下：

"您知道为什么我亲吻您的手吗？这是我臣服于您的表示。我抚摸您的头发，这意味着我对您的爱慕，我害怕打破脆弱的东西，我托起您的下巴，这手势意味着父亲般的快乐，我心中没有邪念，只有父亲才能这样温柔地托起女儿的下巴。"

他沉醉在自己的言语之中，眼睛闪烁着光芒。在这个阳光明媚的下午，除了火车飞驰带来的透视三角地平线，他找不到任何言语可以表达他情感的烈度。他想要像只野兔一样躺在姑娘的脚边。有时，他想请求姑娘恩准，将头靠在她的膝盖上来示爱。她让他产生了狂喜的情感，导致他惊叹于自己的愤世嫉俗。结婚多年的男子怎么能产生这种单纯的双重现象？这难道不奇怪吗？可这会儿，巴尔德尔早就把妻子抛到九霄云外了。他孤身一人在这世界，与所有人都不相干，他内心的惊异与风景给他带来的异乡感混杂在一起，让他感觉正驶向未知的世界。窗外再次出现了贫民窟。铁轨两旁都种满了修剪整齐的女贞树。松树和桉树在远处蔓延。突然，铁轨的曲线更弯了，黄色的光斑落在了伊莲内的白色丝绸裙子上，巴尔德尔心想：

她也有性器官……跟其他女性一样。

他觉得很荒谬，同时对自己丰富的情感感到惊恐。他对自己的幸福产生了怀疑，不相信自己有得到幸福的权利。

列车停在了维多利亚站。时间过得可真快！蓝白相间的广告牌装饰着车站粉刷过的外墙。两个背靠在商铺金属卷帘门上的男士看着玉米地。一条小巷斜斜地断了头，尽头出现了一张蓝红相间的电影海报。

两位老太太撑着黑色的伞走过阳光下的一条小道，列车刹车压缩空气的声音响起，眼前是无尽的未经修缮的砖墙、被太阳烤焦的小花园和铺着石子路的悠长窄巷，逐渐向上蔓延到天边，像是通到一座远高于海平线的城市。

他们到了圣费尔南多镇。

伊莲内说：

"周四我会回来。您在今天我们相遇的地方等我。现在请先离开吧，我怕遇上熟人。"

巴尔德尔在她耳边轻轻说了几句话。她犹豫了下，接着说：

"好，明天晚上8点，我等您。我会在家门口等您。"

他握了下她的手，离开了伊莲内。他犹犹豫豫地进了另一节车厢，刚坐下，就看到窗外参差不齐的栏杆和屋顶的线条之上，有两座红色塔楼。

破败的砖墙后面是隔开的马场。锡制棚户时不时切断满是污泥的小巷的景象，小路被高车辕马车的轮子随意弄脏，马车消失在了高高的甘蔗秆里。系在秆子上的几匹马摇晃着尾巴。车厢突然向左倾斜，随后就摆正了，远处出现了几艘船，甲板上铺着白色的帆布。

巴尔德尔下了车，腿在发抖。伊莲内的头略微斜向一边，走在他前面，露出轻松陶醉的姿态。

一辆马车靠近巴尔德尔，但他拒绝了车夫提供的服务。他的眼睛盯着涂成蓝色的木招牌。她走在前面二十米开外。洋槐破碎的影子落在人行道和商店门口，穿着长袖衬衫的店员站在店铺的门槛上，看着他们走过。伊莲内跟好几个人打了招呼。

"她在这座城市生活很久了，谁都认识。"巴尔德尔猜测。

新鲜感偷偷向他袭来。他饶有兴致地看着这些商铺的门厅，这些阴凉的商店很吸引他。鬈发的店员向坐在柜台前的戴着礼帽的太太们展示布匹。他再一次感觉自己置身于一个遥远的、远高于海平线的城市。

伊莲内回头看了看他，他报以微笑，两个脸色阴沉的络腮胡男子停止了交谈，用余光瞥着他。巴尔德尔看着无数的新事物，注意力不断被分散。

门面低矮的商店，墙上挂满了白色风衣、灰色的裤子、粉色的长睡袍。一家香烟店里传来吵架的声音。伊莲内迅速一瞥，确认巴尔德尔还跟在她后面，就拐到蒙特斯德奥卡街上去了。

这是条石板路，两边是高高的荆棘篱笆和百叶窗紧闭的房子。一些潮湿的砖墙围起来的院子里传来潮湿的凉气，夹杂着鲜花的香气，远处传来电台庄严的音乐声，时而被公鸡尖锐的叫声打断。

伊莲内向北拐弯。

宽敞的石板路仿佛一直通到天上，两侧是灰色的电线杆。

在石板大道旁的人行道，有一半铺着马赛克，一直铺到房子的墙面上，另一半则是长满草皮的泥土。伊莲内回头晃了晃手指跟他道别，然后在门口驻足了一会儿，就进去了，这是一户栅栏围起来的带花园的房子，紧挨着隔壁的房子，邻居家阳台朝着大街。

巴尔德尔在街角待了几分钟，完全不知所措。一群孩子坐在店门口看着他。他便缓缓迈步走开，这座安宁的小城让他的心安定了下来。

街上的商铺很多，看来是条要道。

裁缝跷着二郎腿坐在门槛旁，缝制黑色的衣服，拱形铁栅栏大门守卫着一座红釉砖铺成的院子，两侧分别是旅馆和五金店，空气中弥漫着新鲜出炉的面包香味。

一个赤脚的黑胖女孩吹着响亮的口哨从这儿经过，房屋低矮的墙面涂成了粉红色、奶黄色或是蓝色，所有的木门漆成了红色或棕色，却因日晒雨淋变得斑驳。一阵风吹来臭水的气味，巴尔德尔擤了擤鼻子。

街角的商铺二楼有用生锈的铁栏杆围起来的小阳台，卷起来的麦色窗帘后能看到上过釉的架子，还能看到由粗粗的松木梁撑起的粉刷过的瓦顶。

人行道的草坪上放着几个空桶，桶上堆着纸片盒。风吹动了树叶和贴在墙上半脱落的广告海报。一盏电灯上的瓷灯罩上写着几个黑字"机械修理店"，电灯则在有侧玻璃的店门前摇晃。巴尔德尔感到极为疲倦，他从街角拐了个弯，往前走了几步，进了一家咖啡馆。

这家馆子的地面是黑白相间的马赛克地砖，天花板是铅灰色的。墙上有许多布满红点的黄色画板，镶了紫色菱形格子框。黑色踢脚线和白色的护壁板中间是带栅栏的小窗，从那儿能看到一个鸡舍的屋顶。

巴尔德尔心想：

这时候，她大概在家里喝着牛奶加咖啡。

强烈的倦意弥漫在他各个感官中。他付了钱。一辆火车停了下来。他飞奔穿过街道，列车已经开动，但他赶上了，爬上最后一道门，一屁股陷在角落的座位里，闭上了眼睛。

他的幸福，像是迷雾里的风景一样不确定，召唤着一场深沉的梦，很快他就睡着了。

激情退去

第二天，巴尔德尔回到了原地。正当他要穿过街道走向对面的栅栏围起来的房子时，看到一位黑衣老太太在门帘的暗处斜着身子等人。尽管他走得很快，还是瞥见了这老太太的样貌，她的白发跟她炯炯有神的黑眼珠真不协调。

这印象很快就从他脑中抹去了。他很久之后又会想起。

他没找到伊莲内，心情沮丧，为了不引起这片居民的注意，只能返回布宜诺斯艾利斯。

他推测，这姑娘对他的热情可能是短暂的，现在已经消失了：伊莲内已经回过神来或是害怕这冒险的结局不好。他责怪自己太过天真，但周四的时候，他又去雷蒂罗车站等候这姑娘，他再一次感到激动，忘了以前沮丧的心情。他进入一号站台时，心都在颤抖，钢与玻璃结构的拱顶，让他感觉置身于齐柏林飞艇库。

这人迹寥寥的站台上，一个手拿掸子的擦鞋工来回走动寻找客人，两三个穿着沾满机油的工作服的工人在修理液压缓冲器——这玩意儿看上去像镀镍野战大炮，一个卖糖果的小商贩在箱子上的镜子前拔鼻毛。

巴尔德尔焦急地看向远方。在信号灯后面，有几人正穿过铁轨。他的心疯狂地跳了起来，自言自语道："别着急啊，她就快来了。"他站在站台的边缘，铁轨像是边缘被腐蚀了的银丝带，向前伸展到一堵斜墙，那里停着货车车厢。他的狂乱不断增长，就要冲到嗓子眼了。现在是下午两点，发黄的拱顶挡住了光线，像是下午 4 点。他又对自己说，可能再也见不到她了。但他立刻停止这想法，觉得伊莲内很可能正坐在列车上，甜蜜地靠在车厢一角，经过贝尔格拉诺站。突然，一列曲顶的红色列车在远处出现了，发出一声巨响，这是雷蒂罗开来的列车。有人站在车厢门口的踏板上，车一停，他们就冲了下来。想在这嘈杂的人群中找到一个人，看来是不可能了。他只能恍惚地看着红裙子、黑裙子、绿衣领、红衣领不断从眼前闪过，就像快进播放的电影。在一个头顶着篮子的信差后面，伊莲内出现了。她的书包敲击着白丝绸裙子下的膝盖。

他走向她，想要握住她的手。他的等待只花了一分钟，但这一分钟仿佛太过漫长，当她深情地看着他的眼睛时，他都不敢相信了。他握了她的手，将脸靠向伊莲内的肩膀，他们从车站出来，走在红色英国钟楼①前的人行道上。伊莲内惊呼：

"我要坐的电车到了。"

他们飞奔穿过街道，踏上了这辆已经开动了的电车，巴尔德尔坐在她身边，大声喊道：

"我本以为你不会来了。"

"哦，不会的！我每周四都来布宜诺斯艾利斯。"她微笑着，仿佛告诉他，她一定会来的。

巴尔德尔接着说：

"那天晚上我去蒂格雷了，但没看见您……在您家门口等人的太太是谁呢？"

"我妈……她在等我。我那天得给一位已婚女士上课，她是我朋友，有点儿耽搁，就晚了。"

埃斯塔尼斯劳无法抑制自己惊讶的表情，一位十六岁的小姑娘和一位"已婚女士"之间能有这种友谊，但他也没再接着问。他淡淡地评论：

"那么您已经可以靠这个挣钱啦……"

"不是的……我有好几个学生……但我不收钱……他们来我

---

① 英国钟楼是纪念钟楼（Torre Monumental），在 1982 年马岛战争前被称为英人钟楼（Torre de los Ingleses），位于阿根廷布宜诺斯艾利斯雷蒂罗区的阿根廷空军广场（Plaza Fuerza Aérea Argentina），旧名不列颠广场（Plaza Británica），毗邻圣马丁街和解放者大道，这是 1910 年五月革命百年纪念时当地英国社区赠送的礼物。（如无特殊说明，均为译者注。）

家上课，因为我有钢琴。"

他凝神看着她。她看来很慷慨，仿佛灵魂穿上了美丽的衣装，他赞美道："您真善良！"

电车爬上一个斜坡。车门外是一片绿色的小树林。横在面前的另外一条窄巷里开出一辆公交车。与铁轨曲线相反的一边有个小广场，有齐整的草坪，女佣们坐在布满阳光的长椅上。随后，他们就看到小商铺的橱窗了。

一阵凉风吹动了伊莲内肩头的鬈发。太阳烤着灰色的墙面，有些门上能看见黑色大理石牌，上面镶着的金字宣告这些房子是高贵的府邸。

他低声与她聊着天。她斜着眼睛听他说，时不时点点头表示理解，巴尔德尔抬起目光，看到穿着黑裤子白大衣的孩子们站在三层别墅的门口。他问她是否要去很远的地方。她回答道："我们得在堪加略街 1500 号下车。"

巴尔德尔沉浸在伊莲内散发出的热度之中，她黄绿色条纹眼珠露出的眼神让他近乎窒息。

电车沿着铁轨颠簸，在阿雷纳雷斯街拐了弯，沿着塔尔卡华诺街继续行进。一排排小汽车占据了街上所有的空间。一列列自行车停在人行道上，把手靠在奢侈品商店的橱窗上。车库的车上坐着穿着制服的司机，电车沿着两侧深绿色墙的小巷前进，开过一个栅栏围起来的大菜场。腐烂蔬菜的气味飘在空中，苍蝇围着敞篷马车飞舞。巴尔德尔不知道聊点儿什么，问起伊莲内家人的情况。

"爸爸过世了。"

"啊，这样啊！"他惊呼，想要表示同情，但不知道为什么，这消息却让他莫名地高兴。

"对，他是中校。四年前死了。"

"您有兄弟吗？"

"有的，两个兄弟，一个姐姐。"

"您跟他们关系好吗？"

"好……"

"您交过男朋友吗？"

"交过……"

"啊！您交过男朋友？"

"对，但我们分手了……我想要忘了他，却难以做到。"

他尝试从自己的经验安慰她，但说的都是些废话。他甚至说出"另一桩事情会冲淡这事儿的"这种话。他抬起头，从广场的树丛间看到哥伦布大剧院的屋顶。太阳烤着剧院正面的精细线条，一群衣着正经的先生们，一手拄着拐杖、一手拿笔记本，在司法部大楼迦太基式粗重的廊柱侧面的阴凉处，在高高的台阶上高谈阔论。

车驶入了更窄的街道，贴着人行道行进，商铺的橱窗几乎都触手可及了，许多行人在街角等着自己的车来。

伊莲内变得越发自信，巴尔德尔敢发誓，她眼里露出了嘲讽的恶意。他们第一次见面的梦幻般的氛围消失了。他难过地发现，她与他距离远了。巴尔德尔保持冷静，像是熄灭的煤炭渴望火苗来消耗它。

水果摊与书店前伫立着打开的遮阳伞。电车停下来，他们能瞥见店铺里面的情况，一位男子正在熨帽子，熨斗的蒸汽淹没了他的脸和半个身体，一个乡下佬双手叉腰、目瞪口呆地看着二手的蜘蛛形金属吊灯，他面前的胖女人在不断吹嘘这商品的独特之处。

电车在铁轨上跳跃，进入了一条正在修路的街道。

"就是这里了。"伊莲内说，两人下了车。

他不知道该不该挽住她的手臂。"您看那只鸟。"他指着高处鸟笼里的红顶雀说。这些房子二三楼的阳台几乎是一条直线。阳台上放着粗壮植物和攀缘植物的盆景。有些商铺半开的门里能瞥见桌子的一角、刺绣用的篮子或是穿着衣服的模特。

"我们快到了。"伊莲内说，"我要去里瓦达威亚街。已经晚了。"

她平静的声音变得欢乐了，因为"终于到了"。

伊莲内有点儿扫兴。巴尔德尔的美梦，毫无疑问，已经消散了，他还想装得很谨慎，让这姑娘能原谅他上次对她的迷恋。也许伊莲内的心里已经对他产生了警惕，认为他可能带来伤害。现在她的防御机制一定正常了。

她加快了步伐。他们时不时遇到情侣，两位女性和两位男性互相打量，想要猜测对方跟伴侣的关系是否融洽。一阵忧郁的打铁声从白铁匠铺子里传来，甜品的香味与盐酸的味道混在一起。

墙面变暗了、变高了，突然出现一片柏油路。伊莲内对他说："再见啦。"在离里瓦达威亚大街 1500 号几米远的地方，她走进一个高门面的房子，门上有白色玻璃气窗。埃斯塔尼斯劳从门前走过，见她在大理石台阶上，没有看他，低着头转动门把手关上第二道门。巴尔德尔只得回去了。一只灰色的猫在一家书店的门槛上打盹儿。他犹豫地原地转着圈儿，想等她，最后找了家附近的咖啡店坐了下来。他心情激动，这姑娘像迷魂汤药一样让他不知所措，为了"确保他征服的成功"，他问服务员要了纸笔，开始写情书，想等她出来的时候交给她。

他思考了一阵，写了两大页，全是虚情假意，"想要刺激姑娘的想象和她小市民般的庸俗情感"。他甚至写道，"他想象他俩年老的时候，膝下有许多子女"。这些话可真恶心、真荒谬。巴尔德尔是有妇之夫，而且他根本不想要孩子，不喜欢家庭生活。他自命不凡，但现在这种情况下，他像个赌徒，这是他性格里的一部分。他费力地把信写得傻里傻气，认为只有这样才能说服伊莲内。

姑娘从音乐学院出来了，又惊又喜，收下了这封信。他写给她的？太好了！他为什么费这个劲呢？她说会在火车上读的，请他不用送她去雷蒂罗车站了，因为她妈妈会在车站等她，"她来市中心买东西了"。她看到远处有个中年妇人出现，突然紧张起来了，因为这妇人看上去像她妈妈。

他们到车站前告了别。巴尔德尔到家时，翻箱倒柜地找寻某个前任女友退给他的信件，抄了两封激情的情书，准备与伊莲内第三次见面时给她。

第一次见面带来的激情和眩目变成了情感上的懒惰，伊莲内没做任何事来修复这种关系的衰败。她听巴尔德尔说话时都露出了无聊的表情，很不耐烦地忍受这毛发旺盛的男子讲的废话，他还穿着鞋头上翘的破鞋，不怀好意地微笑。

巴尔德尔的行为从表象上可以被判定为一个情场失意的男子勾引未成年姑娘的无耻行为。当这一故事的记述者询问这一行为的动机时，巴尔德尔答道：

"我抄了旧信，尽管我需要伊莲内，我还是得花言巧语一番，而我又没有什么写信的欲望。一想到她我就有一种巨大的惰性，一种无法解释的不情愿。我想离她很近又很远，我喜欢她，我也不喜欢她。我虚无地预感到应该远离她，但我没有勇气做这个决定。"

懒惰……不情愿……还有什么情感、什么恐惧能包藏这些词？一种害怕与自己生活开战的恐惧。

谁主导了这场恐惧或谨慎的游戏？是理性还是感性？

如果我们认为这是理性游戏，将感性搁置一边（所谓感性，就是反抗各种庸俗逻辑法则的本能）那问题就极其完整了，得发明一些自相矛盾的假设才能论证这离奇的结局。

那么是本能？感性？

记述者的任务是阐述事实，而不是提出假设。

巴尔德尔和伊莲内又见了两三次。在他印象中，伊莲内是个非常沉默和固执的女孩，总是仔细地审视他，丝毫不觉疲倦。她从来没有对他的任何高谈阔论表示反感。

姑娘后来没再去学校了。埃斯塔尼斯劳焦虑地等了她几周。在那些她该去音乐学院上课的日子里，他在街角的咖啡店坐着等她出现。巴尔德尔真喜欢那条街。

巴尔德尔从地铁"国会站"下车，沿着里瓦达威亚大街左边的人行道，走向蒙得维的亚大街。

人行道很宽，地上全是垃圾，被巧克力店的遮阳棚挡住了阳光，街道上全是一排排带轮子的玻璃桌板。几栋刚建成的大楼里飘来松节油刺鼻的味道。橙色的遮阳棚盖住了办公楼高大的窗户，这条街上橡胶硫化车间很多，弥漫着一种橡胶烤焦了的气味。在国会广场上，绿色的铜盆景立在高高的文艺托架上，长椅上挤满乌泱泱的失业人员。

巴尔德尔慢慢地迈着步子。

在一个个低矮的平房之间，两栋十层和十五层的高楼占据了天空，屋顶有多角形的小塔楼，插着避雷针。巴尔德尔坐在一家咖啡馆在人行道上摆放的桌子旁，离音乐学院就三十米开外。人行道上满是枯叶子。戴帽子的顾客们的谈话传到他耳朵里，已听不大清楚，只剩下饱满的元音。这里半条街背阴，半条街在阳光下。行道树的绿色树冠上落下红色路灯柱子，柱子上有三盏瓷灯，组成一个三角形。广场上停着不同颜色的汽车，每当看到年轻姑娘进入音乐学院的门，巴尔德尔就伸长脖子观察，有时他不止盯着音乐学院的门，还盯着书店的门。

他对这片街区居民的习性很了解。卖香烟的小商贩一脸傲气，背着棕色的盒子靠在商铺绿色的墙面上。他们懒洋洋的，路过的顾客都得自己动手从盒子的隔板上拿烟，咖啡馆旁擦鞋工长了张猩猩脸。

有的顾客趴在人行道上的桌上睡着了。巴尔德尔幻想自己身处巴黎的林荫大道，欣赏着现代建筑刻有浮雕的门面，黑色铁栏杆围起来的小阳台简单地点缀着这些房子，他沉醉于其中。

街区的居民，穿着衬衫或白色风衣，在商铺门口聊着天。

路口一辆汽车急刹车，声音像是按压橡胶玩偶①发出的尖叫声。隔壁家具店的两个工人抓着倒立的双月形玻璃柜门衣柜的脚扛了出来，时间过了很久，伊莲内一直没有出现。

他越来越失望，脸越拉越长，穿黑色制服、手臂上搭着条脏餐巾的服务员走了过来，手心里数着钱币，用一种让他觉得无礼的声音问道：

"您叫我了？"

他付了钱，痛苦地离开了。他可能再也见不到她了，生命中最美的梦就这样湮灭了。

他觉得自己太不幸了。过了一会儿，他又觉得这种无谓的等待也比认识她之前自己过的空虚的日子要好，于是心情好了起来。他以前总是弓着背，将手插在口袋里，沿着人行道，迷失在某条长长的大街上。

最明智的也许是找个下午坐火车到蒂格雷去。但这不行，他得在这里等她，哪怕潜意识里知道她不会出现，他仿佛得跟一个隐形见证人辩解：

"我去等她了，但她没来。"

一天，他再没去等她，他后来记得自己说过：

"还是让这事儿过去吧，因为这姑娘会让我陷入麻烦。"

这些话在他的意识层面留下了深刻的印记。他想念伊莲内时，就用这句话安慰自己。时间在流逝，在世界上所有的日历上翻页。

---

① 类似现在流行的尖叫鸡。

第二章

灰暗的生活

就算是坚定的唯物主义者，面对城市灰色的单调对人的心理运行机制带来的多重矛盾，也不能不感到惊讶。在这样的情况下，一个人往往会在奇怪的思想中不断打磨自己，直到产生自我怀疑：除了物质之外是否存在一种微妙的精神，人会按照即刻感受而采取行动，就像预测到了未来要发生的事。

巴尔德尔再也没见到伊莲内，我们可以从他的意识中抽出三种状态：非现实的天使般的目眩神迷；激情的突然退却；以及最后寻找以下理由安慰自己：这样最好，这事儿过去了，因为这姑娘会让我陷入麻烦。

用唯物主义逻辑的筛子过滤一下，这些情绪状态反映的是精神的不一致与虚弱。

为什么埃斯塔尼斯劳的生活会被一个姑娘搅乱？更何况，

他见到她的最后三次，都表现得很冷淡，给她写情书也是随手抄袭的，心里面也全是虚情假意。

如果他如此无所谓，为什么躲避她？

巴尔德尔对我十分信任，给我讲了他的故事。这种信任是他性格里独特又让人反感的地方，我决定公正地解开他内心思维乱糟糟的线团，不会故意美化主人公。如果他讲述的故事能勾勒出他激情的内心，这将会是个出众的戏剧。

第一章讲述的故事发生后四个月，狂欢节到了。巴尔德尔特别喜欢这节日，而且确信伊莲内一定会参加蒂格雷那里的活动。

他设想他们的相遇是多么幸福。他走在霓虹灯照亮的街上，拨开漫天的彩色纸卷。突然，他呆住了。她就在那里，在金色的灯光下盯着他看，大惊失色。

狂欢节夜晚降临了。他蜷缩在一张咖啡桌前，没精打采地看着游行的队伍，这些人排成一列，有人露着手臂和毛茸茸的胸，有机会就在那些凑热闹的女仆的臀部捏上一把。花车的车轮系着红色或蓝色的彩带，在眼前不断滚动。街上人头攒动，红红绿绿的灯光下彩纸卷满天飞。巴尔德尔想象伊莲内出现在蒂格雷家里的阳台上，手肘支在栏杆上。她化装成了荷兰姑娘、西班牙姑娘或是极乐鸟。第一晚就这样过去了。

他责怪自己，发誓明天一定去那儿找她。这种誓言就像他其他的行为一样，只是用来安慰自己的。

第二个晚上来临。他在街上看到了泥瓦匠，抱着孩子去看游行的洗衣妇，孩子却迷迷糊糊要睡觉了。阳台上的情侣们手捧鲜花，姑娘们靠在绿色的栏杆上忘情地聊天，仿佛忘记了这拥挤的人群。突然，彩色的碎纸像雨一样从天撒落，在聚光灯下扭曲旋转，落在他们身上，将他们从梦中唤醒。巴尔德尔心想，自己完全可能以同样的姿势出现在蒂格雷的游行队伍旁的某个阳台上，伊莲内从比他高三尺的地方，低着头往下看。

半夜 11 点了，现在坐三十分钟火车去蒂格雷是有点荒谬，刚到那儿狂欢节就该结束了。不过也没必要纠结这一晚的损失，后面还有两天呢。

"对，到时候一定去。"他再次发誓，"今年一定要去找她"。

但是那晚他还是没去。当然，他想"明天"再去。但是第二天，他还是坐在红色丝绸或是金色棉布的拱门下，对着商业宣传车上假扮成酒店清洁员和小丑的姑娘们傻傻地笑着。

一些人经过时给他头上撒花，这些花朵几经转手都已凋谢。他像其他男人一样，开心地看着这景象：戴着熊头、穿着粗麻布衣服、戴着镣铐的粗人，被小流氓牵着走，在一片喧嚣中，小流氓踩踏着谨慎的路人。

菜贩的队列中摇动的牛铃，汽车引擎盖边缘上学徒们歇斯底里的尖叫，私人马车叮叮当当的铃声，红色、绿色和黄色的纸带不停在空中交错，就像被风吹动的彩色雪花一样，这一切都让他惊呆了。

时间在流逝。一种光亮的雾盖住了天空，人们疲倦的脸上，妆容和粉都融化了，警察骑着马，马头左摇右晃，屁股摇摇摆摆在花车队伍中穿行，就像在一个无形的人群中挤出一条路。突然，一阵凉风袭来，将千万盏灯穿透的黑色腾空了，在没有汽车的路口，警察加快了速度。

那天晚上，他依然没去。

巴尔德尔心中再次出现了昔日的沮丧。这种无法克服的懒惰又生效了，这懒惰能让任何一个化装成女仆的厨娘失去耐心，每当他想动身去蒂格雷，身体仿佛就化成了石头，一动也不能动。

这让我们想起征服时期西班牙士兵的话：

"进入战斗之前，我心里很气愤，也很悲伤。"

巴尔德尔没有意识到他的行为多么奇怪。他接受这种心中的"气愤和悲伤"，却不去分析原因，就好像他是由廉价的快感和随意的征服腐化的肉体的天然产物。他犹豫去还是不去，并不是因为他在深思熟虑，更多的是出于本能。

很久之后，他才意识到他神志异常。那是发生了好几桩事情之后，巴尔德尔才惊讶地发现，这段时期他好像陷入了超自然的状态。

但是他追求容易得手的荡妇、卷入混乱的情感冒险时，可一点儿都不懒。他对自己说，反正还有两个晚上，想到自己肯定会去，就放下心来，但要下决心去蒂格雷的时候，他却蜷缩在咖啡桌旁。他悲伤地猜测伊莲内肯定在阳台上和其他男人调情。这种提不起精神的状态就像给身体注入了吗啡。为了安慰自己，在狂欢节的最后一晚，灯光全部熄灭之前，他走向一条偏僻的小道，自言自语道："好吧，我明年一定会去的。"

这种承诺，看上去像是谎言，却能安慰他的情绪，就像几个月前，他在伊莲内再也不出现的地方等着她时，消除了他的内疚一样。

巴尔德尔日记的摘抄

但是，巴尔德尔渴望一种持续的行动和一种英雄式的存在。他离群索居，黯淡地活着，因为他的命运配不上他那巨大的欲望。他精神的困惑如此之大，当他以后谈及这段时期时，会这么说：

在认识伊莲内的那段时间，我的精神处于一种近乎白痴的状态。工程学倒是不受其他思维能力迟缓的影响，这些思维与物理和数学计算毫无关系。

我的行为真是非常诡异。表面上，在一小段时间内我能像个正常人一样行事。一旦我假装严肃超过了一定的时间和忍耐的界限，对话者很快就能发现我行为的异常，例如满腹牢骚，总是嘲笑他人。在面相学上看，真不知道我究竟是无赖还是白痴。更过分的是，认识我的人经常会认为我的脑瓜子分成好几块，这几块脑子在运转时缺乏协调。我个性的每个部分都展示出了一种特殊性，整体放在一起看却有精神失常的迹象。

我这种半痴不痴的样子还有一个特点，那就是我的智识和意志之间明显不和谐。

我看上去像是昏沉沉的懒鬼，没有半点儿积极努力的样子。我把什么事情都丢给明天，甚至是我后来谈及的希望也在"明天"。

另一方面，我却是极端聪明，近乎不正常。

一些无法让别人理解的情况，我却能通过推理解锁其奥秘。我能精确地洞察人们内心的想法，以致有些人一旦发现我在观察他们，就对我敬而远之，从此我就成了他们反感的人。

这是因为他们不会小心隐藏内心的魔鬼，我这样的人会带着嘲讽的微笑，用手指给他们指认出来！

就算我异常聪明，我的行为依然像半个白痴，这就像象棋高手也一样可能是疯子。

在这方面，精神的异常与闪电的效果很类似，闪电能穿透一座房子，烧焦一只猫，融化一位居民衣服上的金属饰物，最后消失在墙角老鼠洞的洞口。

我这种近乎白痴的状态（我自己对此一知半解，但我能觉察到这影响了我生活）越来越严重，导致我过于敏感，渐渐远离了人群。我甚至都不能忍受与他人接触。我感觉他们中的每个人都是敌人，想要利用我的恍惚来欺骗我，或是将我拖入天知道是什么可疑的冒险勾当中。

当我因工作而不得不接触外人的时候，我就得装出认真严肃的样子，当他们发现我的异样，他们的行为很快就会发生变化，对我释放恶意，我不知道该如何应付他们的诡计。

这也影响到了我的生意和事业，我败掉了妻子的部分财产。她不知道我为什么在生计问题上一直失败。于是我进入一家工程师工作室，作为制图员，赚取很少的工资。

这工作让我更加与世隔绝。当我得与陌生人接触时，不可避免变得紧张，我的敌对情绪能从我眼皮和眼眶上抖动的神经上看出来，从没有深入关注他人内心活动的人是无法理解这些细节的。

我讨厌我的同事们，即便不是仇恨，我也总带着讽刺和蔑视的态度对待他们。

我自己分析了下这种感受，终于理解了：我嫉妒他们能如此轻松地处理激情与利益交织成的乱麻，我却没有能力理出头绪。他们跟我完全不一样。他们随心所欲享受生活，做着恶心、愚蠢、邪恶的事情，内心也没有任何高级的情感来对抗他们做的丑事。更为过分的是，他们仿佛知道自身的低劣，将自己的行为用一种让人害怕的虚伪和轻浮的面目包装了起来。

我的孤独感和无力适应周遭环境的痛苦都在不断增大。我看不惯他们的麻木不仁、他们的粗俗、他们的狡猾。这些卑劣的品质使他们哪怕赤裸以对，都毫无羞耻感来遮掩自己。必须得承认，他们展现的肮脏竟然如此自然。

在这些行为中，我将自己归为半个白痴，也算是有道理。

我多次试图找到一种方法，想解开禁锢我脑袋的无形胎盘。

"我早知道"（您看，直觉的意义多么深刻），"早知道"有一天命运将逼迫我行动，会发生一件事，用暴力打断将我捆在愚钝上的桎梏，而且这件事将是异乎寻常的。

说实话，我从来没想象过，也没尝试想象过这一件"异乎寻常"的事件会是什么样。可能会像一道闪电击中我头骨的中央，我会晕倒，醒来的时候就会变成另外一个人。

我非常确信这事一定会发生，每当想到这事可能就快来临时，我就想阻止它发生，或者至少想要避开它。

我潜意识里对奇事的等待，将我变成个愚钝鲁莽的人，把靠近我的第一个陌生人看作神派来的使者，他来宣布奇迹的到来。

您们可以看到，我这个白痴的绰号也不是无来由的，也不是夸大其词。

我来做个专业定义，不精确的日常用语已经将"白痴"变成了一种辱骂。

因此，当我行事不像个白痴时，人们就会生气，会吃惊地看着我，就像他们上了我的当，因此，他们必须控诉我，或至少让我做出艰难的解释。

去了皮的意志

从此，巴尔德尔总是在极短时间之内从一个极端倒向另一个极端。

内心的长期焦虑导致他需要女性的陪伴，一旦得手就立刻抛弃。女性思想贫瘠，让他失望。他想象的宫殿到头来只是一座茅草屋。

他对每个靠近的女性都会下仓促的判断：

她才是我要找的人。不久，他就承认自己又错了。新出现的女人不过跟其他女人一样，于是他立刻远离她们，觉得自己受到了欺骗，愤愤不平。

长期的不如意总追随着他，内心慢慢养成的愤怒会毫无理由地爆发，蹦出一堆不可理喻的脏话。

他一天天地等着新事物的到来。"我试过各种类型的女人，甚至做过妓女的露水情人。"但是，他很快就厌倦了她们，满怀恶意地抛弃这些不幸的女人，还气得脸色发紫，就像她们得为他处在这种地狱般的境地负责似的，他在这地狱里不断耗尽自己而不得救。

伊莲内出现时，他的心突然剧烈地跳动。他觉得找到了对的人，就是"她"了。但这姑娘消失之后，他又很自然地恢复了自己灰暗单调的生活。

过了好几个月，这女学生的形象没有再挑起巴尔德尔敏感的神经，突然一个偶然事件唤醒了他的神经，让他想起了他们初次见面时她那入迷的眼神。

他在脑海中重构了一场意料之外的相遇。他们不停地交谈，他给她讲述惰性女神如何控制了自己。伊莲内会相信他的故事并原谅他。埃斯塔尼斯劳请她不要责怪自己在前两封情书中的矫揉造作，因为这信所承载的爱是无限荣光的。

没人会无目的地撒谎，而且巴尔德尔也确实从来不撒谎，就算是为了维护自己巨大的利益也不会这么做。

唯一一个不断被骗的人是伊莲内。与其说是欺骗，其实更像是某种程度上的失忆，如此厚实，如此偶然，就像那天下午让他着急忙慌赶去雷蒂罗车站一号站台的原因，已经陷入了永恒的遗忘。

尽管巴尔德尔有分析事情的习惯，但伊莲内这事儿，在他的智力范围内横加了一道曲折、隐藏的被动，让他不再探寻阻止他靠近她的理由。他觉得不调查最"合适"。

他还是意识到了这些阻止他行动的东西。他知道，按他对这姑娘激发的兴趣来看，他这么做是不太正常。就好像他的思维没了力气，不能固定下来思考这种异常的根源了，只能做些任性的孩子气的事。他拒绝给自己找个解释，在了解他脾气的人看来，一定会觉得奇怪的。

倘若我们坚持认为，巴尔德尔的懒惰是出于一种"预感"，这种连故事的记述者都会崇拜的黑暗机制，但我们不能剧透。

埃斯塔尼斯劳的行为在客观上是比较荒谬，就像一个人特别想要财富，但当财富就在手边时，却拒绝伸手够到它。

类似的意志和逻辑有时揭示了潜意识的预防机制，它无形的眼睛已经分辨出了真相。但是，第一印象让我们将一个人判定为疯子，如果我们极端宽容，那可能将他看作不明智的人。根据实验心理学的准则，已经不可能将他列入其他类别了。

我要证明，实验心理学错了。

他身体或他的灵魂里，或是眼睛深处，很多的感官有很强的分辨能力，在这些感官面前，日常逻辑，实验室的心理学是原始的、粗暴的，就像新手下棋与阿廖欣①或塔塔科维②下棋相比，差远了。

巴尔德尔毫无生气地过着日子，坚决不去想如何靠近这遥

---

① 俄裔法国国际象棋大师，曾四次获得国际象棋世界冠军。
② 波兰与法国的国际象棋特级大师。

远的姑娘。不知道为什么，他猜测一旦他靠近伊莲内，她会沦陷，会让他生活发生剧烈变动。

他懒得动，却充满希望，他脑子里慢慢出现了一个坚定的想法：

我生命中会发生异乎寻常的事情。

他仿佛害怕这奇事带来的后果，不仅不再往前一步，让这事儿发生，而是躲开了它。

他连着好几个礼拜，反复念这些话：

"对，我生命中会发生异乎寻常的事。"

但是，巴尔德尔没有努力加快这一事件的到来。每次从办公室出来就钻进咖啡馆，想着也许有一天……

这懒人笑着来回游荡。像所有的无能者一样，他对自己感到非常满意。有兴趣听他讲话的人，他就用完美的计划吓唬人家：

这个国家真是没有建筑师。哦！你们会看到，等他开始设计，就会不一样了。他设计了一群 H 形的摩天大楼，中间那道横梁用来铺设空中电车轨道。布宜诺斯艾利斯的工程师都是些怪兽，在这点上他同意赖特①的看法。

应该用铜、铝或玻璃制的薄墙取代这些高楼的围墙。不要这些承重五千吨的、笨重的、巴比伦式的钢结构，不要这座城市没个性的建筑师设计的迦太基式的大楼，他会精心设计高耸、

---

① 法兰克·洛伊·赖特（Frank Lloyd Wright），美国建筑师，他提出了"有机建筑"的建筑哲学。

精致、有灵魂的摩天楼。

他的同事们嘲笑他：怎么解决反射光的问题？如果他回答，根据现代光学研究，如果外墙是玻璃，房子是金字塔形的，那表面能透射出彩虹来，同事们就会哈哈大笑，他就会生气地离开。这些工程师，只会扛着经纬仪去测绘土地，跟那些在草地上放牧的牲畜在一起。他们被数学禁锢了脑子，缺乏想象，只想赚钱或占据管理岗位，在这些岗位上，官僚工作会取代技术工作。

他总是躲在自己坚定的想法中：

我生命中会有异乎寻常的事发生。

这种想法一天重复好几次，变成了他不采取行动的间接借口。

对巴尔德尔来说，什么才是异乎寻常呢？就是不再是他以前的样子。对一个卖报员来说，不寻常的事是将报纸扔到人行道上，走进卢纳公园体育馆，走上三万人观看的赛台，在第一回合就给维克托·佩拉尔塔①一记上勾拳。对于巴尔德尔来说，不寻常的事是有一天他因外部冲击而醒来，变成了能自己控制意志的人，能实现自己英雄生活的梦想，再也不会犹豫不决。他会让他的同伴们惊讶。他拥有钢铁般的意志。

一个懒人的这种欲望真是没什么逻辑，就跟第一回合就打败维克托·佩拉尔塔的卖报员一样没逻辑。

---

① 维克托·佩拉尔塔（Victor Peralta）是阿根廷的拳击手，曾在 1928 年阿姆斯特丹奥运会上获得银牌。

我敢保证，他为了满足欲望，都能把灵魂卖给魔鬼。

跟您的假设正相反，他不是第一个，也不是唯一一个，这代怀疑论者里有很多这样的，都想跟魔鬼订立协议呢。

大部分人会在人生的某个阶段想要跟魔鬼订立契约吧，不这么想的智者大概不存在。

这种想法对埃斯塔尼斯劳·巴尔德尔这类人来说，真是再熟悉不过了，而且他们每年重复两千遍"生命中会有异乎寻常的事发生"。

当然了，所有人到了魔鬼出现的那个关键时刻，就吓得后退了。一些胆大的，会跟魔鬼提出一个错误的协议草案，他们必然会在偿付时给魔鬼设个圈套。巴尔德尔就是这类诡计多端的玩家。

让我们明智点吧：巴尔德尔并不根据天主教可笑的冥世论来想象魔鬼。不。魔鬼对他来说是一系列暗黑力量的总和，无法定义，如果化身为人，必定是金融家的形象，脸色苍白，身材修长，露出残忍的样子，胸肌发达，穿着缎面翻领的外套，出现在金属窗中，背景是重叠的水泥摩天大楼。

这些能量、智慧、意志都会传递给协议的另一方，巴尔德尔丝毫不怀疑这种力量的存在。他的困难在于找到跟这种力量建立联系的秘密（毫无疑问是存在的）。假如魔鬼不存在，人有能力编造个魔鬼。

另外一些时候，人们说，最有可能的情况是，这种力量藏在每个人的内心里，但很多人却错误地在身体之外努力寻找它。

要真是这样，那如何才能从杂乱的内心中将这力量剥离出来，让它运作起来，接收它激发的奇迹？

埃斯塔尼斯劳仔细地思索着自己胡乱的假设。有这么一个"秘密"。拥有这个秘密的人，会带着讽刺的微笑，拒绝所谓的下辈子；另外一些人则会摇着头，告诉你，得到这"秘密"要付出的代价可是巨大的，巴尔德尔反复推测，陷入了倦怠，满腹信心对自己说：

"无论如何，我生命中会有异乎寻常的事发生。"

时光流逝。他远离自己专业上的问题，陷入倦怠，感官都已经迟钝了。

他总觉得"具备条件"了，会在他遇到一些问题时就显示出来，但他的麻木比他行动的意志可强多了。

日子一天天滑过，单调又灰暗，他瞪大了嫉妒的眼睛，远远瞅着那些比他厉害的人。

他很想做出成就，震慑他的同僚们，但是很多的美德并不会在一分钟微不足道的热度下就获得。首先，曾把他举到云端的内心的动力消失了，他蜷缩在这云雾深处，这云雾遮住了他那失语症患者般疑虑的表情，仿佛脸上的运动机制受了损。

他习惯了陷入深思。他对技术助理的工作也不满意。他生来可不是做这些无足轻重的工作的。他的命运是修建伟大的建筑：宏伟的大楼，巨大的方尖碑，楼与楼之间还有电车跑来跑去。将城市改造成金属结构和多彩玻璃组成的仙女梦境。他不断计算和做预算，他越是胡言乱语，他实现这些想法的力气就越来越少。

他人生的失败都影响了他的身体。

他脸上泛着油光，背完全弯了，腰部斜了，屁股上的肉垂了下来，胸肌都萎缩了，手臂失去了活力，行动笨拙。

他还没到二十七岁，脸上竟然开始出现深深的皱纹了。走路的时候步子拖沓，从后面看像个罗锅，从前面看，还以为他是在高低起伏的平面上走路呢，看上去随波逐流。他的头发从太阳穴那儿落下盖住了耳朵，平日里总是穿着邋遢，胡子拉碴，指甲藏污纳垢。

而且，他已经大腹便便了。

这就是他可笑的颓废样子，天天灌咖啡，了无希望，无奈地看着日子从被尼古丁染黄的手指间溜走。

"哦，如果能和魔鬼订个协定该多好！"问题是他本来早就可以跟魔鬼签好了。

人们都认为，这男人因绝望而陷入了愚蠢的危机。只有精神能救他，这个狂热的聋人懒汉，渴望一个奇迹的到来。在他肉体的深处，巴尔德尔的灵魂一直在期待着奇迹的出现。他认为地狱里的魔鬼要比神更懂得怜悯人，因此，他总是虔诚地祈求他们，近乎疯狂。

有很多次，他准备去睡觉，坐在床边，悲伤地看着自己满是老茧的脚，祈求神灵的力量将他从死亡中拯救出来。

"哦，你，魔鬼，你是那么强大，竟然挑战了上帝！你那么无赖，不怜悯我一下么？你为什么不来？我愿意跟你订立协议。很多人都想这么做，我知道，但他们比我差，你也知道。你得救我，将我变成英雄。总之，协议的条款我们好商量，最重要的是你先来。"

　　没有任何非人间的声音回应巴尔德尔的祈求，唯物主义逻辑不断跟我们重申，没有什么下辈子可以拯救我们，他却对抗这逻辑，坚信他能得救。

　　有人，"有件事"会拯救他。怎么救？他无法预料。可能突然某天，介于黄昏和拂晓之间的一只神秘的手，会扔给他一只救生圈。他抓着救生圈绝望地划水，他的同伴们都漂在这肮脏的大海上，他会抵达这大海的另一端，发现一个崭新的大陆。他的躯壳，歪斜又疲倦，像蛇皮一样脱落，他会在人类面前再次出现，灵活、美好，比造物主还要强壮。

　　他微笑着打盹儿。他仿佛能穿透闭着的眼皮，看到这年轻姑娘站在远处。然后在黑色的背景上，出现了摩天楼和方尖碑。他从空中火车的线缆下面穿过，一声巨响堆在他的耳边，在这悲伤的房间里，要不是他花了点儿力气克制自己，差点就从床上跳起来大喊一声了，对面是他的老婆，睡在另一张床上。

　　"我是无名上帝，穿过了大地。"

　　日子不断消逝。

　　他时不时和女性发生关系。

　　他对容易上手和冷漠的游戏不抱什么幻想。她们都不能让他满足，巴尔德尔也没什么能力让她们开心。

　　他跟她们睡觉，就跟去咖啡馆跟不怎么看得上的朋友聊天一样稀松平常，而且出于惯性，不得不这么做。

　　他像行尸走肉一样过着单调的生活。有时候，他努力发现朋友们性格中有意思的地方，一会儿又觉得空虚，就放弃了所有善意，放纵自己成为个不知羞耻的人，他一点儿也不在乎人家对他的看法。

他对那些保守的姑娘们做些坏事，还能感到一丝恶意的快乐。她们很容易为情所伤，就跟他提出建立关系一样容易，她们爱幻想的无意识把这关系叫作"爱情"。

他跟老婆在一起颇感乏味。他也承认，就算跟其他女的生活，一定也会厌倦，如果也是由一系列义务捆绑，不得不跟她共同生活。

他认为他老婆跟朋友们的老婆一样。所有的女人都一样：她们都特别容易生气、有野心、爱慕虚荣、重视美德，为自己的美德感到异常骄傲。有时候，他甚至突发奇想，认为她们那么骄傲其实正是因为欲望被压制，其实内心根本不想遵从这些美德。最重要的问题是，如果这些有美德的女人，要成为不一样的人，就得放弃这些美德。但她们一旦有这种态度，个性就没法让人喜欢。她们生来就是穿上长及脚踝的睡衣，在临睡前画个十字的人类。她们能炫耀的思维结构，不过是虚伪的资产阶级制度强加给这些不幸女仆的各种条条框框塑造出来的。

"这些女人该给革命撕碎，由街上的醉汉强暴。"巴尔德尔有时候会这么说。

他的妻子，像其他人家的妻子一样，是个能干的女主人，但他根本不欣赏涂蜡的地板，或是按着《悦己》《家庭》这类杂志上撕下的图纸描绘的屏风。

他妻子是刺绣能手，做一手好菜，能弹点儿钢琴，但这些家庭主妇的美德都没能改变巴尔德尔对她的看法，他还是一副讽刺和冷漠的态度。一个涂蜡的地板或一个烧得恰到好处的肉丸与幸福能有什么关系？

他朋友们的妻子跟他妻子差不多，迟早都会发生这种事：他的同事会靠过来跟他说：

"你知道么？我爱上了我的情人。"

埃斯塔尼斯劳会羡慕地看着他。他记得红发的甘特兄。他提前十五分钟到与情人幽会的房间，给床单上撒满风信子。巴尔德尔不怀好意地笑着问：

"你在你老婆床上不撒风信子么？"

冈萨洛·萨塞尔多特呢？他讲起自己的情人，总是支支吾吾却满脸幸福的样子，蜷缩在一种无尽的沉默之中。他们不止一个人会在某些场合不自觉地讲起自己的风流韵事，讲规矩的人对这事儿是绝对保密的。

巴尔德尔有些恐惧，自问：

这些人过的是什么样的生活？他们是伪君子还是好色之徒？他们称赞的世界真的存在吗？

他们应该两者都不是。他持续不断地观察，观察了两个月，得出了结论，这些行为完全是有逻辑的、可以解释的：

他们不能过没有幻想的生活。

他们很年轻就结婚了，幻想很快就消失了。他们所有人几乎都有道德底线，不抛弃妻子，不跟情人姘居。巴尔德尔一开始也是这么想的。后来他发现，他们这么做不是出于道德底线。他们清楚地知道，如果抛弃妻子去跟情妇姘居，最后对情人也会厌倦，就像厌倦现在单调的夫妻生活一样。

有些人甚至能看到未来的景象。他无法停止分析，最后得出绝望的结论，这些女人并不是丈夫们感到厌烦的原因，也不是家庭生活让人绝望的原因。不。她们实际上跟丈夫一样不幸。她们幽闭在内心生活之中，丈夫只是偶尔才能进去。

这些正直的女性（实际上也坚持这些美德）对性也很好奇，她们也渴望冒险，渴望爱情。机会出现的时候，只有很少的人能破例，偏离正常的生活轨道。

她们的思想是由这个社会塑造的，学校教育扭曲了她们的想法，她们像是蚂蚁或工蜂，为了满足集体的需要，从来不会反抗最可怕的牺牲。她们属于1900年代人。

为了替代精神生活的缺失（女人结了婚，就忘了宗教崇拜），她们去电影院看电影，阅读有限的几本简单庸俗的小说。她们就喜欢银幕上女演员的阴谋，反复琢磨她们和情人间的放荡行为，这些通奸行为给她们贫乏又有欲念的想象塑造了一个例外的世界。在这个世界里，她们的丈夫进不来，就像在谈恋爱的时候，男朋友也无法进入女性好奇的世界里。

她们单调地生活，跟丈夫的生活一样。两者的区别在于她们无法享有任何的权利。

她们被资产阶级的教育捆绑住了，脑子里塞满了疑虑，她们梦想一切，但因怯懦总是什么也抓不住。就算是要做点啥，也因为充满幻想，又缺乏作恶训练，动作显得笨拙又热烈。

巴尔德尔分析着眼前的情况，想要从中找到自己的性格。我是个魔鬼吗，还是个好色之徒？

他不爱任何一个情人，虽然有一些姑娘真是极其漂亮。每当想起她们，他只是耸耸肩。他没有疲惫的征服者的骄傲，只是明白，这种没有爱的性快感没有任何用处。

几乎所有这些姑娘（他的女朋友们）都来自小资产阶级阶层，是雇员或商人的孩子。她们的兄弟和未婚夫也都是雇员或商人。她们住的房子的外墙看上去还真像中等资产阶级的房子。她们不常去杂货店、集市或是肉铺，因为这会损害她们的形象。她们上街的时候穿得很考究。有时候，门童常常会将这些小资产阶级姑娘误认为是贵族小姐，就像从她们房子的外观也看不出家底。

这些年轻姑娘的人生目的就是结婚。她们兄弟或未婚夫的目标却是欺骗女性，然后挑个对自己有利的女性结婚。婚姻是这些男女的终点。他们思想里最不容易出现的就是为爱结婚。她们常常把爱的激情与情感软弱混淆在一起，在任何情况下她们都可以做自己的主人，计算地位的变化带来的经济得失。男性不是这样想。他们结婚是因为"实在没办法了"。

对于那些以处女之身结婚的妇女来说，那些婚前失贞的少女简直是"失足少女"。这些失足少女结婚以后，人们又对她们如往常一样好了。正经女人很乐意打听这些失足女性的回忆。这种好奇心也情有可原。

上述布宜诺斯艾利斯姑娘里（90％的姑娘都这样）要是遇上了巴尔德尔，必定会立刻厌恶他或是变成他的女朋友。巴尔德尔跟其他男人不一样。他能跟她们聊聊灵魂的贫瘠，眼睛里却不冒出淫邪的火花。

巴尔德尔不无嘲讽地同情这些虚伪的姑娘们，仰慕她们，看到她们跟个白痴在一起还得装得有激情或大惊失色，她们得忍受巨大的无聊，希望在民政局获得从家庭监护中的解放。

这些不幸的姑娘，有的在二十岁时还在自慰和自我欺骗，还有一些更年轻的姑娘，问一些问题，逗得他开怀大笑：

"妓院是什么样的？"

"她们对自己的生活感到幸福吗？"

"男人跟她们在一起觉得幸福吗？她们举止优雅吗？"

"您的兄弟们，要是晚上不回家，是去了那些地方吗？"

"她们如何避孕啊？"

有些姑娘叹息自己不是男性，男性才可以干这些冒险的事情。巴尔德尔则耸耸肩，评论尖刻，"男人比女人的情况可糟糕多了"，对话被这些姑娘的沉默中断了，她们看着天空陷入了沉思。他看着这些严肃的、认真思考的脸蛋，觉得很有趣；为了打破她们悲伤内心的紧张，他刮了下姑娘的鼻子，嘲讽她们：

"为什么不跟你们的未婚夫聊这些呢？"

姑娘们双手托腮，窃窃私语，面面相觑：跟未婚夫聊这些无稽之谈？巴尔德尔是疯了吗？这不可能，他们会怎么看我们啊，会把我们看作疯子吧，要么就是想在性上利用我们。

不，不，不。未婚夫们要特殊对待。要特别小心，要有技巧和演技：对待未来的丈夫，不能展现自己的好奇心，他那么愚蠢，一定会认为这是危险的信号。

"那么你们聊些什么呢？"巴尔德尔困惑地问，她们无精打采地摆出"您看看我们束手束脚的情况"的表情，答道：

"您觉得我们还能聊啥？胡扯呗。"

她们觉得谈恋爱是胡扯，如果没啥可讲，要陷入沉默，那么就说些常见的："哦！对，亲爱的；哦！不，我亲爱的。"

这些订婚男女，跟巴尔德尔曾经历过的一样，都认为谈恋爱就是只谈爱，就像商人中有教养的孩子，上了大学后，看到个文人就得谈文学。

巴尔德尔陷入了恐惧，十分钟后，他想起了跟妻子的对话，他承认她与这些让他吃惊的女人一样愚蠢。他忧心忡忡，保持缄默。

"您在想什么，巴尔德尔？"

"我还能想什么？我觉得所有人都很虚伪。"

"人不就是这么过的么，不然怎么过？"

巴尔德尔不服气：

"不，当然能过。我们是一些懦弱的伪君子。"

"那应该怎么做？"

"应该怎么做？……该怎么做？……问题是我们周围只有谎言，人们如此习惯，任何的真相，甚至是最为纯洁的、最显而易见的真相，他们都觉得是对习惯的侮辱。"

另外一些时候他自问：

这些伪君子假装忽视真相到什么程度，才能有借口过得像完美的法利赛人。他们能撑住他们演的戏么？

最后他得出一个致命的结论：

家庭是个谎言。只有一个名字而已。实际上，所谓的家庭，就是一个猪圈，一个男性被尊称为丈夫，犯下一堆可怕的恶行，一位女性——他尊敬的妻子并不知道这一切。但是，确有恶行吗？一家三口人，父亲、母亲和儿子，不分性别，因经历不同而互相隔绝地生活，这种家庭又算什么呢？

父亲的经历与母亲的不同。孩子的经历，跟他们俩比，没有任何相似的地方。父亲、母亲、孩子，每个人兴趣不同，由共同的情感联结在一起。他们联结在一起的理由经常是纪律、对世界的不了解与恐惧、类似的敏感性、类似的心态。年轻身体的欲望与摧枯拉朽的生命强加给他们的道德约束相冲突，在垃圾的角落制造出无形的隔离圈。在日常家庭关系、话语或手势的团结表象下，隔着墙壁和边界，就像是两个语言不通的人之间的障碍一样。

这种障碍不仅让父子产生代差，还让夫妻产生隔阂。夫妻间的亲密只是很低级的联结，过于表面。他们对互相的理解只能停留在一些蠢事上。

如果巴尔德尔听到别人说，这对夫妻"关系可真不错"，他会推断：

这两头猪之间能有什么相近的玩意儿？

他发现了奇怪的特点，可能跟人类社会一样古老的特点，因此毫无价值：

一个男人或女人的欲望越是低俗、越是直接、越是自私，那么他们关系就越轻松。

一个门童跟一个女清洁工，或是一个送奶工和一个女厨子，他们建立一个值得尊敬的家庭，并不比一个由资产阶级家庭傲慢尊严支撑的小女孩和一个在官僚体系里挣扎的不幸男子建立家庭更困难。

门童或送奶工对生活有两三个具体的想法，清洁工和厨子也是这样，他们靠着这几个想法，就能成功地生活了。我们粗暴的资产阶级的崽子们可没这么容易满足。他们不知道自己想要什么，也不知道要去哪里。这种想法可不会出现在清洁工和厨子的脑袋里。他们想要积累财富，不想子女也干粗活，期待下一代能拿着大学文凭去偷中产阶级的财富。

1900 年至 1930 年间，阿根廷的文明就处于这个时期，这里出现了一些奇怪的现象。店员的女儿去文哲系学未来派文学，为自己父母的市井气感到羞耻。他们在商店的账簿上发现几分几厘的错误，都要严厉地斥责用人。我们见证了一种（看上去很闪光的）民主的产生，这民主完全继承了雇农或是仆人的吝啬，这三十年里提供了第一代第二代人里不同的样子：不满足、粗俗、笨拙、爱忌妒的个体，渴望迅速得到他们揣测的富人的快乐。

巴尔德尔反复思考了这个现象，但百思不得其解。一种可怕的机制正在运行，这机制的齿轮还变得越来越繁复。男人和女人们基于恒久的谎言而成家。同时，他们显露出快速社会晋升的渴望，在美国电影工业中时不时能看到这种妄想，这些电影就是专门设计来满足这些农业国家民众的原始需求的。

电影的情节真是矫揉造作，伤风败俗，鼓励男女去自慰，这两个性别的差异可灵巧地量化，电影提出了存在的唯一目的、幸福的最高点，就是获得美国汽车、美国的台球场、收音机和美国家具、美国标准的别墅配上美国的电冰箱。这些电影看多了，导致女打字员脑子里想的不是去加入工会、争取权利，而是靠甜言蜜语和妖艳的技术来勾引个富人，坐上他的大车去炫耀。她们不去构想社会权利，而是在某种程度上去出卖肉体，有些时候，她们花钱如流水，让她上司都惊讶不已，好奇这消费怎么能跟她的工资相匹配。

男人也比女人好不了多少，一样愚蠢。

他们穿上西服，留起小胡子，学着电视上两三个娘娘腔的穿着，非洲或美洲的姑娘们会扑上前去表白。

这些在电影院各个位置都被揩过油的姑娘们，也曾自慰，被不同男朋友抚慰过，突然有一天，她们会与一个白痴"缔结连理"。这白痴却欺骗过、触摸过、手淫过各式各样的姑娘们，跟他结婚的这位姑娘跟她们也完全一样。

这些半处女，将整座城市的电影院椅子都用精液给弄脏了，结了婚就变成了值得尊敬的女士，这些笨蛋则变成了严肃的绅士，大讲特讲为了"防止共产主义的污染，要保护家庭的尊严和良好的作风"。

结婚后，夫妻从报纸上看看"新婚夫妇理想住房"广告栏目，租个房子或是新公寓。九个月之后，这位女士就该产鲜嫩的崽子了，在本地报纸上登出一则新闻，一个月之后，一位恶棍牧师，长着一张猪脸，给这崽子洗礼，然后这些女人的繁殖功能就几乎完全停止了，每个季度不断流产。

周六，这些褪了色的婚姻中的两位（连他们分期付款的衣服都褪了色）钻进电影院，周日在郊外的农场里散散步。工作日各自待在工作单位八个小时，每个月圆之日，在激情和汗水间，他会问妻子：

"你例假来了吗?"

这些贫瘠和阴暗的生活不断拍打着平庸和可怕的黑暗沼泽。出于无法解释的悖论，我们工人阶级的孩子居然成了爱国狂人，崇拜军队和他们的烤肉，赞成剥削他们的雇主拥有财富和狡诈，他们还会因就职的股份公司的实力而产生虚荣，这厉害的公司不给他们发十三薪，只给他们寄一份信函：位于伦敦、纽约或阿姆斯特丹遥远之地的总部，"感激您安分守己，为公司做出了杰出的贡献"。

社会、学校、兵役、办公室、报纸、电视、政治和女性，塑造着一种中产阶级男人，这类人心术不正，热衷于搬弄是非，贪小财，因为他们知道，反正也没机会大富大贵。他们像牛头犬一样，每周做一次运动，加入保守派的俱乐部——俱乐部主席定是个退休的将军，对共产主义者和苏联出言不逊。

这些人的心理很原始、很邪恶，时间冲刷着他们的心理。他们或早或晚都要躲进情人的温柔乡，刚开始相处不久就把情人照片给同伴们看。因为有情人的才是聪明人。这些流氓总是去找皮条客，还总是遇上同一个妓女，她的活计真是不赖，他们都分不清究竟是她的职业技能还是情人般的激情。

有时候，这些关系的结局会是血腥的戏剧，本地晚报会连着三天报道这爆炸性的新闻。直到第四天，更加刺激和新鲜的犯罪事件终将其取代。

巴尔德尔在城市中来回穿梭，思索着这一系列的症状。男性肉体的需求与女性虚伪的抗拒形成对抗，有时候，像是一场混乱的海难，所有人为了求生，不惜说出最荒诞和最笨拙的谎言。

　　有时候，巴尔德尔与很久不见的熟人聊聊。他们都结了婚。当然了，都是和他们心爱的女人，估计现在没那么爱了。他们不幸福。从他们的心里话里能反映出来。埃斯塔尼斯劳看到这些失败者的无形灾难，心生恐惧。埃斯塔尼斯劳对世上任何的事情都失去了幻想（他们在晚上淹没在夫妻床榻上，白天沉没在办公室的工作中）。少年时听起来激动的话，现在再听到只是耸耸肩。他们最大的野心就是成为冒险家，有运气或纯属偶然发笔财，"过上好日子"。他们尊重并厌恶自己的领导，无原则地羡慕无所畏惧的小流氓，他们在城市里小偷小摸，粗鲁、疑神疑鬼还爱嘲讽。他们不相信幸福这回事。也许能有什么希望能改变他们的灵魂，但希望这事儿需要很多情感投入，有了这么多的情感付出就不能完全接受失败。再说，要带有希望，内心就得有精神力量，他们就是缺乏这力量。

　　巴尔德尔有时候也承认自己是个失败者。他内心巨大的沮丧让他好几天都无动于衷，然后他就找个女的，给他生活注入新的希望和能量，徜徉在温柔乡中虚度光阴。

　　他不着急，他的幻想都很短暂。倘若他反思下自己的情爱生活，就会看到这种说法是何其准确。巴尔德尔不着急，他的同僚们也不着急。他们活着只是因为他们偶然降临到了这世界。他们懒洋洋地抓住触手可及的东西，只要这事儿不怎么费力就行。

　　总之，巴尔德尔是这类"已婚人士"中的一种。懒惰、怀疑一切、忧郁……

　　日子倾倒在他身上，他的沉默与日俱增。又过了好几个月，有一天，他突然想起狂欢节快到了，前几年狂欢节他那么被动，这次他发誓要去蒂格雷，如果这次再不践行，就严厉地惩罚自己。他焦急地等了两个月……还是那些化装舞会，他还是坐到了街角的咖啡桌旁，看着人们奔放地庆祝，这一次又是一样，第一晚、第二晚、第五第六晚都过去了，他都没有启程去蒂格雷。他没有意识到，他的不情不愿和懒惰都在保护他，阻止生命中一件决定性事件的发生。

他悲伤地想，他的意志已经永远消失了。伊莲内还继续活在他的想象中。她已经没有了尘世的样貌，只在他胸口留下一丝甜蜜，像是凋谢的花朵留下的微弱香气。

第三章

异乎寻常的事发生了

这里像是两座叠加在一起的城市：一座摩天楼的城市蜷缩在一角，另一座低矮平房的城市不断扩张。

巴尔德尔脱了西装，坐在旋转椅上，看着金属框窗外大片的住宅群。

他对眼前的景象没什么兴趣，但依然带着一种不满的表情盯着看。在一片黑屋顶中能看到一座铁栅栏围起来的铁路桥。墙壁不断增高，灰色围墙与黄色满是方孔的墙叠在一起，石头房子在一片树丛中绕来绕去，另外一座摩天大楼的城市，带着芥末色的高层板楼，超越了七层楼的高度。

在露台后面，紫色的云碎成了一块块，镶上了金边，在空中飘动。天空在高处弯曲，显现出雪水般的深蓝色。

巴尔德尔疲倦地移开视线，看着他长方形的办公室，湖蓝色踢脚线的墙面由三折的桃花心木屏风分隔开，屏风上有一格格的云母板。

埃斯塔尼斯劳关上窗。金属窗框将天空分成了生硬的蓝色马赛克，玻璃的粗糙云母仿佛将他置于水族馆的底部。

这可能就是他的人生。

他在墙上划着一根火柴，点着了香烟。他吸着烟雾，凝神看着电话的黑支架和横挂的听筒。他打着哈欠，打开一本笔记本，上面有铅笔画的水泥下水道的草图。

数字、水平位高、箭头、平方根和立方根……巴尔德尔张开嘴巴，看着从他香烟头上冒出的三股烟雾，耸了耸肩，窗户分割开的像蓝色马赛克的天空让他感到荒原般的绝望。

一朵云像骆驼的侧影，尽管他什么也没说，但内心感到极端无聊。

电话铃声响了。巴尔德尔伸手抓过电话，懒洋洋地拿起听筒。

"对，我是巴尔德尔。"

"……"

"您认识我？……可能……"

"……"

"我的一位女性朋友？您是哪位？"

"……"

"您名字的开头字母呢……请至少告诉我您名字的开头字母……"

"……"

"什么？这也不是？……我不知道，我曾有过几个女性朋友。"

"……"

"嗯，我想象……我当然在想啊。"

"……"

"我不想猜了……您等一下……我马上就答复您。"

巴尔德尔没有挂上听筒。他没说话，嘴唇贴着话筒。他的思绪飞速旋转。他像是玩起最后一张剩下的纸牌，把剩下的财产都下了注，他额头的皱纹仿佛在不断列举各种猜测，回道：

"您瞧……我不想和一位不告诉我姓名的人继续聊天。我只能跟您说，我只对一位女性感兴趣……她是两年前住在蒂格雷的姑娘。"

"……"

"啊！对，对……两个月前对摩天楼的报道。她去问我的电话啦？为什么她不直接跟我说话呢？……我从来没忘了她。"

"……"

"那么说，你们住在蒂格雷？当然了……下午有一班两点一刻的火车去那儿。对……你们在那等我？"

"……"

"好，谢谢。明天见……太感谢您了！明天见……"

他迟疑了很久，挂了电话。太多的情绪汹涌而来，淹没了这水族馆。但是，为什么这么傻呢，这么快就挂了电话？

现在他想起太多的问题要问她。哦！他可真傻啊！但是，不，这样更好，他需要一个人独处，整理下思绪，品尝这从天而降的幸福。幸运的是，他身边没有任何人，因为这时候要是有人说话，他非怒了不可。

三分钟之前，他脾气很坏、打着呵欠，现在一道闪电劈在脚边、撕开了新世界的幕布。那道闪电——他忍不住笑了——那道闪电绝对比那些在行人脚下劈开一个洞穴的闪电更加神奇。那么……这事儿怎么可能啊？……世界上居然还有人不信奇迹呢。哦！哦！……当然了……这不可能……他真想到街上去跟人们说：你们要相信奇迹；或是说：相信奇迹对你们有利。语调得是这样的：你们要相信奇迹，这对你们有利。不，这不可能。但是国家得创办这类办公室，让人们干这活儿。巴尔德尔搓着手，慢慢地笑了。

看来真要等上两年，一位记者朋友给他做了关于未来摩天楼的报道，印着这报道的报纸落到了蒂格雷的一间小店里，店主用这报纸包了一斤面包，这一斤面包又正好送去了伊莲内家，她拆开这报纸时，突然看到他的名字出现在关于未来摩天楼设计的三篇专栏文章里。

他低下头。他对打电话来的朋友说的话真是太无礼了！那么命运真的存在啊？

刚发生的事情难道不是奇迹吗？太阳的火花穿过了他的神经。如果罗阿弋萨家的女仆没有去这家店买面包，这店主如果没有用报道他的报纸裹面包，那么他……存在意味着偶然的游戏，真是无穷无尽的、不可思议！

他一直在等待奇迹的发生，难道不是正确的么？

只需要一分钟，一通电话铃声……他生命的景象顷刻变化了……他正走向一个极高的跳板。也许他就从那儿跳向死亡了。

无用的两年就为了等这一分钟的到来。那然后呢？然后生命就像一部电影一样？……拍了九万米的电影胶卷仅仅为了使用其中的三千米！

他忧伤地摇着头，不能理解存在的秘密维度。

如果那晚伊莲内家没缺面包，她就不会找到方法跟他联系？但她一直在等他。他也一直想念她。但是……那么生命，生命是什么？有没有什么隐藏的意义？为什么他没有在街上遇到伊莲内呢？比这更简单的是……为什么他没去蒂格雷？有必要累积如此夸张的偶然性来相遇吗？不用吧。那么怎么说？发生的事情不过是他几乎白痴的状态带来的后果？在某种程度上，他就像是买了一百马力的引擎来拖动一台缝纫机。或者是……？

他不想再想了。他走了会儿神，突然谨慎地笑了。他内心有东西躲藏了起来。他写了三行字，留在了写字台上，就戴上了帽子出门了。从电梯出来就是大街，他不知道做点什么，就进了一家咖啡馆。他与现实相遇，像是胸口撞上了一根绷紧的钢丝。

磨砂玻璃窗的下面，有两位低级军官在玩台球。台球的撞击声与柜台后面洗碗工的说话声交织在一起。他蜷缩在店的角落里，靠着装饰着木条的墙，街对面居民的侧影映在橱窗里，像是皮影戏。

毫无疑问，他要见证自己人生的新阶段了。他的求助之声被听到了。他的快乐被悲伤掩盖了，他又陷入了惶惑，像是烧红的铁从锅炉里出来，就逐渐冷却和氧化。他突然觉得前阵子也很美好。那么多天如此乏味地等着奇迹的发生真是舒适！但是其他人的人生就是这样平平淡淡。从别人"家庭"的隔断帘子里，能看到一位穿着蓝色裙子的女士背影，她的手时不时拿起托盘里的茶杯。别人的生活真是安逸！

光线透过六个玻璃灯罩，留下中间镍丝的影子，一个脸色苍白的侍者，在收银台上登记账目，他无表情的脸庞跟其他人也没什么不同。可是，他的求救信号被听到了，也就是说，他得谨慎地进行这场游戏。他无法解释原因，只是预感到一场神秘的战斗将要展开。

他注定会重生或是死亡。这不是他的猜测，而是从他薄雾包裹的内心剥落下来的证据，他目光随意落在了长桌后面巨大的半圆形镜子上，沾满杀虫剂的斑点，桌子上装着大肚瓶子、猪肝色的水罐、贴着金色标签的黑色水瓶和竹编容器。光线从这些容器里透出来，呈现彩虹般的、仿佛在移动的线条。

他后来回想起，他脑子里从来没有产生过任何逃避神秘的战斗的想法。一道幕布遮住了通向新生活的道路中的坎坷，无法预测的新生活太吸引他了，他决心拉开这黑色的幕布。他现在的心理状态很像一个历史书上的战士：

上战场之前，我心里感到巨大的愤怒和悲伤。

一个擦鞋工上前来招呼他，他拒绝了，擦鞋工弓着背，慢慢走远了。

他的妻子呢？他想到和这可怕姑娘的见面，会给妻子带来不幸，就深深地可怜起这位亲人了。但是他又能做什么？他不可避免地走上这通电话给他打开的道路。对。他那单调无聊的生活也催促他这么干。他不能后退。太晚了。这异乎寻常的事他等了那么多年，现在不能从已现身的魔鬼那儿逃走。对的，就算那姑娘是带上协议的恶魔本尊。他露出嘲讽的微笑，读着黑板上粉笔写的鸡尾酒菜单：

　　大都会

　　少女的羞涩

　　铁路

这些名字太荒谬了！哪怕铁路能与少女的羞涩相关，少女有羞涩可言吗？这人类的闹剧真是恶心！巧合？鸡尾酒的名字预示了他的命运？想这些没用。他不会退缩的。

随着时间流逝，他的神经已经疯狂得冒泡了。

少女的羞涩。这些玩台球的低级军官、洗盘子的服务员、橱窗里的皮影戏在他眼中旋转，更远处一位穿蓝色制服的警察挥着手，一辆绿色的卡车正在街角转弯，咖啡机上的蒸汽噗噗冒出来，他的心跳如此之快，像是胸口有一位神秘的樵夫在用力地劈柴。他两年间一直在躲避这次会面，现在近在眼前了。几个小时……一年有多少个小时？两年。现在只剩下不到二十四个小时了。他的人生不就是等待这一刻的到来吗？他活了二十七岁，才等到那天下午3点，樵夫依然在他胸口咚咚地砍柴。

他感到自己快晕倒了，浑身无力，仿佛悬浮在高空，底下是深渊，给他的空虚盖上一层让人恶心的魔鬼的皮。

他竭力克制。这时候得保持镇静。他想起了儿时印象深刻的小说里的人物，他们遇到生命中"异乎寻常的事"时是什么态度。他会怎么样？

他的目光钉在了街上，当他回头看向大厅，感到有点目眩，什么都看不见，他的力气都陷在了与伊莲内不久的重逢之中。那么，没有办法拒绝命运啦？毫无疑问，第一次相遇就是这个异乎寻常之事的开端。如果不是这样，这三个奇事是出自什么原因呢？第一，他第一次见到伊莲内时感到目眩。第二，他无法解释为何抗拒再次见到她。第三，命运偶然让这姑娘再次联系上了他。伊莲内两年后还能记得他，这不是超乎所有的逻辑了吗？

一个这么想问题的男人，就很难说服他相信，将来发生的事情不过是俗气的情感冒险。有些人放弃命运眷顾的信仰，就没法好好过。巴尔德尔就是这类虚荣的人呢，但我们先别掺和，不去评判他分裂的行为。

与伊莲内重逢前夕，他很肯定，再次见她时的态度取决于他对"异乎寻常之事"的追求与否。他就像是一位将要考试的学生，考试内容是他没学过的。这次的相遇最好跟上述三个奇事联系起来。

他盯着满是杀虫剂黄色斑点的半圆镜子，自言自语道：

"我得满足她们的一些要求，这是当然。只有白痴才会认为，人家会为了帅气的样貌才请他重逢。我也会是个白痴，但稍好一些。最好是把我爱挖苦人的性格用七把钥匙锁起来藏好，不然的话……这事儿毋庸置疑……一个爱讽刺的人总是让人不信任。那演出戏？演成一个被命运压垮的男人？戏剧与微积分真是不相称……在现实里，我不就是个被命运压垮的男人吗？那就突出我的本性？还是美化些……为什么我要胡思乱想呢？

等我见到伊莲内的时候，我会忘了所有这些（我们将会看到，后来他根本没忘）。真相就是在这几个小时里，我的旧生活就要结束了。在我身上将发生什么，只有魔鬼才知道了。"

未来的不确定性让他心急如焚，仿佛像蜡一样热化了。

他买了单就走到了街上。

第二天，他再次出现在雷蒂罗火车站，在飞艇库样子的穹顶下走到一号站台，上车坐在第一次跟伊莲内乘坐的位置上……两年过去了！……这都是为了什么？现在他再次走向她。他感到这段时间真是难以忍受，两年……

齿轮状的云朵像在大理石般的山脉中闪着亮光，火车的轰隆声加剧了他的骄傲和幸福的烈度，风击打着他的前额，异乎寻常之事就要发生了。

这姑娘两年之后还能记得他，这事儿不美好吗？他看着道路，同样的大楼依然矗立在同样的地方，但已经过去两年了。

他像从崎岖的远方归来的旅行者一样兴高采烈。他认出了这条路的拐角，他俩第一次走到这里时，有一支马队经过。一个烟囱在别墅的两坡水屋顶后面冒着烟，那里还有网球场……已经过了两年了……

他悲喜交加，想象伊莲内在蒂格雷火车站焦急地等待他……伊莲内……伊莲内……伊莲内……这名字这么奇怪、这么生硬……恰恰是她而不是另外一个人在等他。车站的喧闹声在横向大道上回荡。她的女友是什么样的人？也许是个金发高个女子……他的思绪迷失了，他走神了，像是从时间里脱离了出来，陷入了旋涡中，这高速旋转的旋涡带他走向不可拒绝的命运。

他离目的地越来越近了，火车站站都停，窗外的风光看来那么不真实，就像是活在梦里。他东看看、西看看，每看到一样东西都要很久之后才能看清楚形状，他的眼珠子像是盯着一张模糊的照片看，照片上是一个摇晃的物体。

几个人裤管卷到膝盖，在长满草丛的河边走动。疲劳将他钉在了座位上，尽管车厢的窗户开着，通风窗的叶片也不断转动，他还是觉得热得窒息，可能是焦虑让他体温升高。

他以每小时五十公里的速度驶向伊莲内，但是一直不到，一直不到。这神秘的樵夫继续在他胸口砍柴，巴尔德尔急切地渴望呼吸清新空气。

火车停了，埃斯塔尼斯劳慌乱地盯着站台上粉刷过的木制栏杆。他的焦虑继续鞭打他的欲望，这会儿又不可能飞起来，他只能靠在椅背上生闷气。这几分钟没有两年那么长，但这几分钟却以让人炫目的速度消耗掉了，他的力气仿佛在指尖融化了。一棵桉树的树荫照进了车厢，蓝色的天空仿佛沿着一道无形的轴线在旋转，在这圆形的世界，个人无法走向任何尘世的方向。

他悬在了天与地之间。

他将脚放在前面座位的皮座椅上，闭上了眼睛。列车轮子经过两段铁轨的接头处发出的爆裂声穿过了他的肉体。他以每小时五十公里的速度驶向未知。座椅靠背上的枕头在他脖子下面颤抖。当他睁开眼睛，列车已经到了贝卡尔站。在车站周围的松树树冠后面，仿佛在玻璃后播放蓝色电影，枝头随着玻璃小心地颤抖，在他的意识里出现了童年的静态，面前是另外一棵墨绿色的树木。

他想避免胡思乱想，他快晕倒了。火车仿佛是滑到了维托里亚站，他都没注意火车什么时候从贝卡尔站出发的。火车精准地在各站停留，下一站是圣费尔南多……然后……在煤屑铺成的路边，电线下面有几人走过，空气中散发出砖头的恶臭，火车行进速度变慢了，他感到自己被推到了座位之外。到圣费尔南多站了。他还没镇定下来……他等了两年了……在那儿，只有几步路了……火车又开动了，下一站是蒂格雷。神秘的樵夫在他胸口猛烈地砍柴，他机械地整理了下领带的结。叶子蔫了的无花果树从他眼前划过，粉红色的围墙也落在了后面，火车轮子不断地敲打铁轨连接处，火车几乎要停下来了。他从窗口探出头去，看到火车停在一个牧草丰富的弯道里，斜对面还能看到一座红色的桥。

火车停了下来，他跳下了车。站台上没有一个人。他沮丧地四处看，然后匆忙穿过棕色木制的走廊，顶上有瓷质绝缘子，他看到白色招牌上的蓝字："女士候车区"，一股汽油味扑鼻而来。他进了候车室。墙上的踢脚线涂了柏油，前面有一张绿色的长椅，上面坐着两位女士。她们伸长了脖子，其中一位斜眼看着他，眼中露出狡猾。就是她。她处于逆光的位置，没立刻认出巴尔德尔来，但她眼神中透着隐约的罪恶。埃斯塔尼斯劳透过因情绪激动而浑浊的眼珠，旋即将这位朋友定义为"不要脸、有活力、豁得出去"，他脱下帽子，走向她。他脑中飞快现过一种想法，"注意这出戏"，然后装作很羞赧，对伊莲内惊呼：

"是您！……是您！"

这小姑娘确信认对人，跳了起来：

"您是，巴尔德尔？"

他热切地呼吸，就好像跑了很长一段路。他装作情绪激动，重复地说着：

"是您！……是您！……"他很想哭，仿佛有个无形的力量摇着他沮丧的头，他无法相信这样的奇迹。我们不会因他的表演而责怪他。他在那儿考试呢，拯救这个"生活中异乎寻常之事"。

"您坐吧。"伊莲内的朋友示意。

巴尔德尔装作笨拙地遵从了指令。他没说话，却把帽子放在膝盖上，痴迷地看着姑娘猫一样的眼神，后来他就一直这么形容她的眼神。伊莲内很感动。巴尔德尔重复道：

"是您！我多么想念您！您都无法想象。"

他摇着头，像是还没说服自己竟然发生这种奇迹。

他逐渐克服这表演中最恶心的部分，一边说着夸张而动情的谎言，一边还感受着真切而深刻的情感。

这种行为后来招来伊莲内那位朋友的评论：

他是个谦卑的好人，而且深陷爱情之中。

大家激动得都要晕厥了，伊莲内赶紧给他介绍同伴："您记得吗？埃斯塔尼斯劳，我约您来的那天晚上，我却没能出现？这就是那位让我上音乐课的女士。"

他们沉默了，目不转睛地盯着对方，反复打量。

"对，我马上就要进入哥伦布大剧院的合唱队了。"

　　他们的对话就在音乐、戏剧、建筑和爱情之间跳跃。巴尔德尔看来有点迷茫，前言不搭后语，听来奇怪，五官都飘忽了，仿佛处在幻觉的奇境之中。他们潜意识里想尽快进行亲密接触，嘴上就会说出一些蠢话。那位女士眯缝着眼睛，看上去是个不幸的人，嘴角嘲讽的微笑把过去清除掉了，指向未来。她讲话时动作不少，黑色真丝裙沙沙地响，涂了粉的脖子上的白皮肤随着她的声音起伏。

　　伊莲内则保持沉默，盯着巴尔德尔眼睛里的黄条纹，时不时点头表示认同，她的粉红草帽盖着她苍白的笑脸，阴影部分线条分明，神情认真。她一只手搭在祖列玛的手臂上，时不时不安地看着周围。

　　又一列火车到站了，人们上了车。他们坐车去布宜诺斯艾利斯。伊莲内没有说话。巴尔德尔觉察出她顽固地盯着自己。突然，他大喊道：

　　"啊！您跟我讲讲那报纸的事吧……"

　　祖列玛说：

　　"您不会相信我们是怎么谈您的……"伊莲内抓住她的手臂，想让她收敛一些，但她继续说：

　　"您想象不到。傻姑娘！你为什么不让我告诉他呢？您看，自从我俩成了朋友，伊莲内就告诉我，她曾在布宜诺斯艾利斯结识了一位工程师……您是工程师，对吗？"

　　"对。"

　　"她自此就一直想念着您。我们读了您的信。"

　　"啊，对……那些信件。"

伊莲内解释道：

"我没有您的地址，我学校的课程调了时间……我换成上午去上课了……"

"对，她记得您说过住在贝尔格拉诺街区。您看真巧，我有个朋友也住在贝尔格拉诺，我还曾借给她几张歌剧唱片……我们也没急着用，就顺便去那儿找她还唱片，就问了问几个店员是否认识一位工程师叫作巴尔德尔……但没人知道您。"

埃斯塔尼斯劳对她们的行为很是敬佩，她们去探寻一个未知的过去，这跟他"明天再去"的神秘惰性真是天壤之别。

同时，他也感到羞愧，自己不如伊莲内。为什么他没有去蒂格雷呢？为什么他让伊莲内看起来更加表里合一呢？她的态度里没有怯懦，怯懦的性格在未来可能是危险的。伊莲内想念他的时候，就想尽办法寻找他，他却恨不得避开电话。他不知道找什么借口，说道：

"真是厉害！……真的，真是了不起！"

"我们查了下电话簿……有好几个巴尔德尔，但没有一个是工程师。"

"我已经失去希望了，觉得再也见不到您了。"

"确实会这样。"

"您想想，当伊莲内来找我，说可以通过报社问您的地址，我多么吃惊。"

"啊，讲讲这个，伊莲内，这个好。"

"当时是晚餐时间，家里没有面包了。妈妈就叫仆人去店里买面包。她带回了面包，我拆开包装，然后……您想象下我多么惊讶……我看到您大字号的名字。"

"他们给我写了个报道。"

"我惊呆了，报纸的日期是两个月前。"

"啊……您没在新闻刊出来时看到。"

"没有……报纸的日期是 3 月……现在是 5 月了。"

"真是厉害……"

祖列玛插嘴道：

"第二天，这小可怜将报纸带给我看，非常激动。我想了想，报社一定会有您的地址的……"

"当然了……当然了……"

"我问了三次。第一次他们说不知道，然后另外一位男士让我们第二天再打，最终……您瞧……我们终于见到了……"

他们沉浸在回忆中，随后谈话再次继续，气氛变得活跃了。巴尔德尔，忘了他该演的戏，悠闲地聊着天，陷入陶醉的快乐之中。有时候他的行为像个有点迷茫的犬儒者，这也是伊莲内对他的印象。巴尔德尔能觉察出她的合唱员朋友在打量他，从她的热情里隐约能看到坚硬的东西，像一种冷峻的残忍，仿佛会在别人感动的时刻脱口回应："这跟我有什么关系？"

她为了给巴尔德尔留下个好印象，时而聊聊逻辑思考，时而聊聊感性命运：

"您怎么看鲁道夫・瓦伦蒂诺①?"她确切知道，这人还在

① 鲁道夫・瓦伦蒂诺（Rodolfo Valentino）是一位意大利明星演员，后来前往美国发展。他是 20 世纪 20 年代最受欢迎的明星之一，以性感著称，拥有拉丁恋人（Latin's Lover）的昵称。

世，他在南美某个角落游走，她甚至在蒂格雷的街上看到过他闲逛。

毫无疑问，她太夸张了，她只有肤浅的城市文化。祖列玛在那说蠢话，巴尔德尔的内心却止不住发问：

这姑娘的母亲怎么能允许她跟这么疯癫的朋友交往？

巴尔德尔猜错了。祖列玛被他的风度吸引，以为他是艺术家，也就是一个没有资产阶级观念的人，于是她失态了。她"相信精神恋爱"。巴尔德尔也相信精神恋爱，但他觉得这位已婚妇女将那些内心痛苦修行的人才会有的敏感变成了蠢物，真是荒谬。祖列玛情绪激动，吵闹又轻浮，大喊道：

"哦！艺术，美！"

巴尔德尔对艺术和美学有严肃的看法，这些话他听来有些空洞。再说了，她过于夸张。她在演一出戏，想在她朋友的爱慕者面前抬高自己的身价。巴尔德尔早已习惯看一眼就将人分门归类，他的判断基本也没错，他看祖列玛就是个爱慕虚荣的人，一眼就能看到底。这类人好斗，无论多么会设置陷阱，他们出于自尊，总想找到一个势均力敌的对手。巴尔德尔对自己的判断力很是得意，学过微积分的人可不是来回答别人三乘三等于几的。

唯一一个耐得住性子的是伊莲内。她不说话，死盯着巴尔德尔，绿色的眼睛时而被一个内心嘲讽的想法点亮，仿佛在说：

"您说吧……接着说……我能看到比您认为的更深。"

她眼神追着巴尔德尔，让他觉得不安。他感觉被侦查，但说了更多的话。他同时在思考：

"这个小姑娘看来很狡猾。我得私下跟她聊聊。她从哪儿找出来这么个朋友？有时候我觉得她在嘲笑我。她听我们说话，但我们的话她也不大感兴趣。她为什么不说话？"

"我们得在贝尔格拉诺下车，要办点事。"祖列玛说。

"我们去见一家人。"伊莲内补充道。

"我们什么时候再见？"巴尔德尔问道。

两位女士面面相觑，祖列玛说：

"那么周四，在国家音乐学校的街角，在自由大道与图库曼街交叉口。4点，4点5分左右。"

火车停了下来。他们告了别。结束了。巴尔德尔目送她们走远，她们绕过啤酒店门口漆成黄色的铁桌子。

她们见火车开动了就回头挥挥手，巴尔德尔看着她们消失在一棵树后面，就坐了下来，靠在座椅背上，看着一位女乘客的脸，她手拿玫瑰花正穿过车厢。

"就是这样了？"但这天晚上他无法入眠。

随意行走

巴尔德尔抬起头，看到一片银色天空下，国家音乐学院间隔二十米的柱子上，浮雕上的头像鼓着脸颊在笑。

他低下头。檐壁上古罗马的爱神们正处在一场喧闹的欢宴中。他们的弓箭射出来穿过了水泥做的心脏。从八角街角，垂下两面墙，歪斜地倒向西边和北边，将哥伦布大剧院和国家音乐学院这一百三十万立方米的无形艺术包裹了起来。这栋大楼让他倍感亲切，大楼上有许多的阳台、柱头、柱子和曲线做装饰。他兴奋到眼睛都浑浊了。伊莲内在里面，谁知道在哪个阴暗的大厅，上老教授讲的声乐课。他站在这等她出来，注意到大楼木门前有一群人在聊天，门上有葡萄藤状的栏杆包起来的玻璃窗。穿着蓝色制服的看门人在大理石的台阶上踱来踱去。在脏脏的灰墙上，科林斯柱式的黄色方格石板上，放置了广告牌。第一层的窗户上是疗养院里常用的白色玻璃。在各个大柱子之间，有多样的浪漫的装饰。巴尔德尔看向西边。图库曼大街上洒满阳光，沥青道路弯弯曲曲，还有树木点缀其中，最后是石头基座上将军的铜像。电线轻巧地将天空切开，像蜘蛛网刚织的网线。巴尔德尔又看了看音乐学院的大门，伊莲内还是没出来。

柱子上的希腊雕像在银色的天空下张大了嘴巴，仿佛在讽刺他。电车的铃声喧闹，巴尔德尔焦急地走进了对面的咖啡店。

店里的木墙上装饰着镜子，好多居民在这里玩骰子，谈论着戏剧节的事。低矮的白色镶板顶下，演员、歌剧演员、音乐老师、演奏家和舞蹈家的谈话声显得越发喧嚣了。

街上，两个穿着白色风衣的小孩，骑着橡胶轮胎的三轮车横穿马路，三辆公交车不得不停了下来，穿蓝制服的巡警看着孩子们，寻思这是否违反了市政规定，孩子们骑上了人行道，巡警抬手警告他们，咖啡馆里所有的桌上恢复了聊天的喧嚣。

人行道上的行人与咖啡馆里手肘支在窗台上的客人聊上了。

巴尔德尔看了下手表，已经 5 点了。伊莲内说好 4 点下课的。他心生疑虑，胸口的樵夫又在砍柴了，他看看周围，问服务员：

"今天礼拜几啊？"

"周三。"

"什么？今天不是周四？"

"不，今天是周三啊。"

"今天怎么会是周三呢？"

"今天是周三……您看。"服务员拿起桌上的报纸，巴尔德尔拍了下脑门。怪不得伊莲内不来，他们约的是周四下午啊。巴尔德尔松了口气微笑起来，摇着头，付了钱，起身，心想：

"我不大对劲……这姑娘让我失去了理智。"

第二天，他又来到国家音乐学院的街角。4 点 5 分，一群女学生从加里拓街上的学院出口蜂拥而出，在这些色彩斑斓的人群中，伊莲内和祖列玛出现了。

天气转凉了。她粉红色的丝绸裙褶从蓝色罩衫底下露出来，雪白的脖子上面是顺滑的脸庞，白色绒面帽子下的脸温柔又苍白，黑色发卷贴在脸上。她走路姿势懒洋洋的，丧气地背着包，另外一只手护着外衣，凸显了她的身材，脚上穿着棕色的鞋。

祖列玛在她旁边，穿着黑色丝绸裙子，红嘴唇微微张开，匆匆看着对面的咖啡馆。她冲着两个巡警打招呼，这两人没发觉帽子快掉下来了。她们走到街角，快速穿过街道。巴尔德尔热情地向伊莲内伸出手，她贴着他的身体，却很僵硬。祖列玛打过招呼后，对他们说，没法陪他们了，她要去参加额外的彩排，不怀好意地建议他们"好好相处"，就匆忙告辞了。他俩看着她捯着两条小短腿走远了。

巴尔德尔惊呼：

"我们终于单独相处了！"他挽起伊莲内的手臂，两人开始沿着图库曼大街散步。

他又陷入了悲伤和感动，这姑娘猫一样的眼睛仿佛给他的灵魂注入一个甜蜜的问号。他恐惧，也许是悲伤，他知道倚着他的貌美如花的肉体永远不会属于他，她走着碎步，褪色的瞳孔盯着洒满阳光的人行道和阴影里的灰墙。他们时不时说几句。

"我曾那么爱你！"他嘟囔着。

"我才是呢！我从没忘了您。一开始，我没想起来……过了一阵，我开始想念您。不知道我怎么了……"

"我才是……"

他们缓慢地拖长对话，就像听着一块落入井里却永不触底的石头，心情愉悦。

"你开心吗？"

"嗯，我很开心。"

伊莲内边说，边将雪白的脖子转向了巴尔德尔，她的每句话都在半张的嘴唇间颤抖甚至悬置，仿佛在等着一个吻。巴尔德尔想要轻抚她脸颊，她稍作拒绝，就靠在他的肩头，他的手从她手臂下面穿过，与她戴手套的手十指相交。

他们像两个大病初愈的病人。

"我们再也不分开，对吗？"

"对，我们再也不分开……"

他的快感在增长。有一刻，他将手搭在她腰间，吻了她脸颊，也不去管行人投来的目光，正经女人愤怒地看着他们，假正经的居民们见警长不干预而愤愤不平，女学生们久久望着他们的背影。

　　他们仿佛置身一片沙漠，旁若无人地穿过十字路口。他们听不到汽车司机按下的绝望的喇叭声，也听不到电车的铃铛声。突然，伊莲内看了看一家商铺门口的挂钟，惊呼：

　　"5点啦。我们上电车吧，不然到家要晚了。"

阴暗面

　　雷蒂罗的钢结构屋顶下，一号站台。巴尔德尔盯着伊莲内棕色的眼珠子，突然抓住她的一只手臂，对她说道：

　　"小丫头，如果我问你个私密的问题，你会生气吗？"

　　"不会。"

　　"你保证跟我说实话？"

　　"好。"

　　"那告诉我……你是处女吗？"

　　"巴尔德尔……这是什么问题……我当然是……为什么问我这个？"

　　"你确定你跟我说真话了吗？"

　　"对……"

　　"好吧……那么我们别再提这个了……你觉得如何？我相信

你说的，就够了。"

"为什么你要问我这个？"

"没什么……突然想到。"

伊莲内满脸狐疑地看着他，摇摇头，仿佛在说："这些男人……"

巴尔德尔心想：

真是不幸。要是她有个情人，对我就更有利了。

"你在想什么，巴尔德尔？"

他露出嘲讽的微笑，咬着牙吐出下面的话：

"那么，您是位纯贞小姐啦？十六岁纯洁的小姐……问题是你还那么好看，伊莲内，我很喜欢你……而且，你知道我想说什么吗？看着你，我感觉你已准备好随时献身于我……完全献身于我。不是吗？你看着我的眼睛，小丫头。你相信我爱你，对吗？"

"对……"

"好……放心……我现在还没想让你献身于我。"

小姑娘眼珠发绿、瞳孔变大，染上了金黄色。

"告诉我，伊莲内，你爱我吗？"

"是，我很爱你……"

"好……目前有这句话就够了……我也爱你，很爱你。"

列车吱嘎作响，停在了站台边。

伊莲内上了车，突然，她对他说：

"你注意点，别人可能会看到我们。"

他痛苦地放开了她的身体。

从那以后，他们几乎每个下午都见面。

日子一天天过去，巴尔德尔感到自己越来越离不开这姑娘。她献给他那么多女性的甜美，埃斯塔尼斯劳得到了各方面的满足，正常男性都会被她感动的。

伊莲内到了布宜诺斯艾利斯，祖列玛也陪着来了。巴尔德尔不能清楚地界定伊莲内与她的关系，也不知道她这位新朋友过的是什么样的生活。他怀疑祖列玛出轨了，他问了伊莲内好几次，但她每次都断然否定，说绝对没有听说这种事情。"不，祖列玛是个正派女人，她丈夫让她受苦了。""他行为太恶劣了，扼杀了她的爱。"伊莲内撒谎了。她撒谎毫不费力，她知道一些事情，后面会浮出水面。另外，祖列玛的行为很可疑、很怪异。

她丝毫没有疑虑，很羡慕巴尔德尔和伊莲内的关系，就像看着一幅美丽的油画或是感人的风景。巴尔德尔想起，有一次他们三人坐车去蒂格雷，伊莲内头靠在他肩膀上，祖列玛坐在他们对面，突然失了控，绝望地摇头，眼中充满了泪水。伊莲内立刻从巴尔德尔身上弹开，一只手放在女友的裙子上，身体向她倾斜，大喊道：

"可怜的祖列玛，可怜的祖列玛！"

"您怎么了？"巴尔德尔问，但她拒绝回答。和伊莲内眼神交汇时，埃斯塔尼斯劳理解了，这两个女性朋友之间有些精神交流是他不知道的。

他对祖列玛有了同情心，尽管对她没什么好感。像所有自私的人一样，他认为只要她给自己与伊莲内做好桥梁，她的行为放荡对他俩的重逢也算有用，但是她道德上真是可恶，伊莲内跟她在一起可能会受影响。

巴尔德尔认为这位女友是个坏影响，既然这么想，他就会在伊莲内身上发现阴暗面，这扰动了他的神经。他觉得某种程度上，坐在对面的她是一个危险，随时可能伤害他。后来，他一直都无法忘记伊莲内的这些话留下的印象。她谈到她的妹妹西蒙娜的性格，巴尔德尔当时还不认识她：

"她是个白痴，还真把生活当回事儿。"

还有一次，祖列玛无意间脱口而出：

"罗阿弋萨女士读了摩天楼计划的报道，她说您是一个'蠢蛋'。"祖列玛咬了咬嘴唇，觉得自己太不谨慎了，她看不出来巴尔德尔是否听进去了，因为他正无动于衷地指着街道，问她：

"你们没看到那个站在门口快跌倒的男人吗？"她们从列车窗口向外看，但这景象已经落在后面了。

巴尔德尔正在不断咀嚼伊莲内母亲恶毒的评价，他觉得有点儿奇怪，这么说，她们家早就知道我了？

有时候他觉得自己落入了一张网，他都看不见那些纤细的编织线，有时他又说服自己这都是瞎想的，惊奇地盯着身边的伊莲内。她神秘的自信让他印象深刻，从来没有哪个女人像这姑娘这样完全信任他。巴尔德尔自问：

她这自信的心态从哪来的？为什么伊莲内跟其他女人待我的方式不一样？当然了，伊莲内的信心像是早有深入亲密接触的情侣之间才会有的东西。

他知道，如果对伊莲内说"我们去酒店开房吧"，她也一定欣然前往。但事实是，巴尔德尔还在犹豫呢，她却那么坚定。

伊莲内这种献身于他的暗地里的决定，让他超越了行为与激情态度之间的平衡，对她的亲热程度与日俱增。

他唯一不理解的是伊莲内和祖列玛之间无形的默契。

祖列玛从蒂格雷陪着伊莲内来，她俩也同时去上声乐课，一起下课出来，但祖列玛从来不跟随他们，总是以额外的排练为由，在音乐学院的街角跟他们告别。

巴尔德尔不相信这些排练的借口，这种不信任让他生出结识她丈夫的恶念。当她谈及丈夫时，埃斯塔尼斯劳总是很困惑，不知道相信什么版本。

有时候她将丈夫形容为野蛮的、粗俗的，没能力欣赏她的艺术，"他还打过她，甚至责怪她没有拖地"，还有些时候，她谈到丈夫又很心软，甚至还求巴尔德尔在音乐学院的考核老师那儿给她美言几句，"她需要进去做合唱员，这样才能帮助她那几乎瞎眼的丈夫"。

巴尔德尔唯一毫不怀疑的事，是祖列玛肯定给她的机械师丈夫戴了绿帽子。他没有证据，"但心里非常确信"。

这女人对待巴尔德尔和伊莲内的行为反而很好理解：

她希望他俩能在情感上获得幸福，不要像她那样受苦。

很明显她过得很不幸。

巴尔德尔觉得这危险越来越大。

他越来越依恋伊莲内。他不断猜测，一旦伊莲内知道他的婚姻状况时会是什么态度，他确信到时自己会失去这姑娘，于是对她就更亲热。

他控制了自己的冲动，没有去利用伊莲内暂时的盲目，她真是给个信号就会献身，他在两种情况间犹豫，究竟是坦承真相，还是先拥有她，两者可能会带来不同的结局。

犹　豫

　　巴尔德尔脾气很坏（正与自己的良心作斗争），假装看着摩天楼的角落，黄色大楼在沮丧的蓝色天边不断重叠。

　　他叹了口气，转向背后镶嵌着厚云母板的墙面时，座位发出了嘎吱的声音。

　　埃斯塔尼斯劳伏在桌上，将额头压在交叉的手臂上，思考着：

　　"我得告诉她真相。我们没法继续下去。这样等于是我欺骗她了。这不对。她还是个处女。虽然这童贞也是资产阶级的偏见，但她是资产阶级的一员，我没资格毁了她的人生。假定我隐瞒了真相，我会不断感到内疚，这情绪会阻止我享受与她在一起的时光。我会不停地问自己：伊莲内知道我已婚还会爱我吗？等着伊莲内献身给我的那一刻，我才告诉她真相，这是背信弃义。她会对我极端厌恶。

　　"真是不幸！如果她去献身给另外一个人，我是不是更幸福？我能原谅伊莲内献身给别人吗？对。难道我遵从我内心的冲动不是最合乎逻辑吗？但是！……不行！毫无疑问。她发誓她是处女。真荒谬！童贞像是一位女性的良民证。但我又不在意这个……我问她是不是处女，又不是出于我的考虑，而是为了她好。总之，如果我告诉她真相，我就是在跟命运打赌，但这也好过欺骗。她会离开我吗？假设她跟我断了，没关系。伊莲内会止不住想：'这人已经看出来我愿意为他献身，他还把真相告诉我，毫不犹豫，他可真高尚！'就算她不这么想，她也会赞赏我，在美好心灵面前谁都不会无动于衷的。"

能看出来，巴尔德尔自视甚高。他接着思考：

"有两种可能。一，她拒绝我；二，她接受我。另外，我也不喜欢和一个纠结我已婚与否的女性发生关系。"

在这种情况下，他的正义感给他抛出个问题：

"你觉得这姑娘会怎么样？你预感，告知真相后，她会抛弃你吗？"

"我会跟她说真相的。"

"如果她只是假装喜欢你，就算你是已婚的也无所谓，她会让你陷入情网，然后让你抛弃你妻子，那怎么办？"

"她是不是伪装者，我不在意。所有的伪装者都很聪明，不然没法玩这种游戏。伊莲内就算是在演戏又如何，我想要的不过是一点儿与激情相关的力量来改变我的人生。激情只能在绝对真诚的情况下才会存在。"

他这么分析就有点打退堂鼓。

"为什么要认为伊莲内在演戏？为什么要去承认错误的东西？我先靠近她的，从第一刻起，我就想过最糟的情况。我们潜意识里把别人想得最坏，就是为了找个借口，万一我们对他们造成伤害自己有个说辞，不是吗？总之，我现在把这一切都忘了还为时不晚。"

巴尔德尔没有发觉，一旦走了一条路，就必须走完。随后，他发现了人类的这条可怕的定律，哪怕不是全人类，也是大部分人的定律，人类的运行规律就是需要有始有终。

坦　承

他们俩又在站台的围墙旁等车了，还是同一个车站，铁支架支撑着玻璃拱顶。

他们没有听到火车头缓冲器的敲击声，也没有听到控制站台进出的哨声。巴尔德尔走神了，盯着玻璃天花板的外面，站台上洒满了阳光。他想避免陷入告别的多愁善感中，避免说毫无希望的再见。

去蒂格雷的列车慢慢进站了，靠在了站台的一侧。

"啊！不。你看……今天我不能送你了。我给你写了一封信，你在路上看吧。"

伊莲内抬起头，警惕地察觉到一些无法解释的东西。她的眼睛拉长了，黄色的条纹又出现了，额头挤出了三条竖细皱纹，但她在七十公斤的巴尔德尔面前意志坚定，巴尔德尔双手插在口袋里，帽子有点往后仰，一脸严肃地看着她，理解并吸收了悲伤的眼神。

"我可真是个混蛋。"他止不住地想。

伊莲内一只手搭在他肩上。她蓝色的罩衫微微张开，巴尔德尔看见她穿着棕色鞋子的脚。

她脱口发出一道凶狠的命令：

"你不能走。你究竟发生了什么事？"

巴尔德尔讽刺地看着她。他的脑袋飞速运转：这丫头的意志可真坚定！我的眼睛出卖了我的心。我没法假装快乐。

"什么也没发生。难道得发生点儿什么？"

他心想：

我真是白痴。我失控了。

"怎么没发生？你变得很奇怪。你得送我走。"

巴尔德尔的伪装泄了气。时间到了。

"你得送我。跟我走。不管发生什么事。"他感到她手指牢牢抓住他胳膊。

"上车……火车要开了。"

伊莲内疲倦地坐在列车的角落里，这里比较暗，百叶窗只抬起了一半，皮座椅泛起光泽，坐在这有跨大西洋游轮上的客房里的私密感。

他们被火车以五十公里时速推着走。火车穿过大桥时在轨道上发出的声音，仿佛演奏金属风暴交响乐；突然出现了一条古铜色的河流，伊莲内直起身坐正，说道：

"给我看那封信吧。"

巴尔德尔递给了她，观察着她的表情。很快她就会变脸。突然，她双手落在了裙子上：

"这怎么可能！您快说不是这样的……"

她的脸拉长了，冒出火来，两眼皱成了三角形，变了神色。

"太丢人了，我的上帝呀，太丢人了！我居然和已婚男人在一起。"

她蜷缩在角落里，毫无力气。她沉默地哭泣，脸都变了形。闪亮的眼泪从她紫色的脸颊滑落下来。

"太丢人了！我还是死了的好。"

景色在巴尔德尔面前变幻，像是一部模糊的电影。他对这些痛苦无动于衷，自己都觉得害怕。一位乘客偷偷回头，想看看发生了什么。

伊莲内的脸越来越紫，像是中了煤气的毒。巴尔德尔没能在他灵魂暗处找到任何一句安慰的话。姑娘紫色脸颊上，泪珠越来越大。她瘫在座位的一角，用手帕捂着嘴，睫毛湿湿的，看向远处，时不时摇摇头，仿佛怜悯自己的痛苦，用手挡住额头，摇着头叹息：

"我还是死了好吧？太丢人了！"

巴尔德尔像个刽子手一样冷漠，无动于衷。他不敢触碰她。他脑子里只有一个念头在不断敲打：

混蛋！你是个混蛋！混蛋！你是个混蛋！混蛋！

伊莲内，像是钉在了角落里，伤心地摇着头。她像一具尸体一样慢慢腐烂。她的脸看上去是蜡像做的面具，眼眶红红的，脸颊发紫，额头阴沉，眼皮发肿，睫毛闪亮，像是镍做的。她看着巴尔德尔，摇摇头。埃斯塔尼斯劳心生怜悯，比自己死了还难受。他面对这怜悯，既无法享受，也无法后悔，只感到恐惧。他只能保持冷漠，跟冷静的杀手一样。他知道，如果这时候要是伊莲内有把手枪，想要杀他，他都不会躲避一寸的。他这么想仿佛是为了宽恕自己的行为。他自问：

她是因为幻想破灭而哭泣，还是因为我有妻室而流泪呢？

他不敢说任何一句话。他能想象自己在这压垮身体巨大的痛苦面前是多么粗陋或愚蠢。伊莲内不再看他了。她眼睛盯着对面座位靠背上一个不固定的点。

埃斯塔尼斯劳时而觉得她完全孤立在这世界上，在列车的角落坐着，以每小时五十公里的速度穿过荒原，尘世间的怜悯都远离了这荒原。她潮湿的脸颊上时不时落下新的泪珠，在紫色皮肤的旧泪痕上划上新的一道，但伊莲内也不去擦干泪水，她完全走神了，慢慢来回转动着脸。

巴尔德尔自责了：

为什么我不怜悯她？为什么我这么冷酷无情？在这么真挚的痛苦面前我该怎么演下去？

突然，巴尔德尔抓住了伊莲内的手臂大叫道：

"你看，我想要表现下，减轻你的痛苦。但我做不到。我是一个彻底空虚的人。"

伊莲内看了看他。点了两三次头，仿佛在说：

"我理解你。"

巴尔德尔心想：

她要是骂我，倒是好了……但她这么沉默……这沉默要闷死人。

突然，他说：

"伊莲内……"

"什么……"

"你这样不成。你不能这样回家。我们下一站下车，你得洗洗脸。你哭得没形儿了。"

火车停在了贝卡尔。伊莲内下了车，像罪犯躲避记者的照相机那样低着头。车站上一个人都没有。

巴尔德尔需要被原谅。

"坐下来……你不累吗？"

她没有回应。她站着，空洞地看着满是乌云的芥末色天边。巴尔德尔不知道做什么，就坐了下来，但不敢靠在长椅靠背上，只是坐在边沿上。他觉得自己又渺小又愚蠢，配不上这姑娘。伊莲内纹丝不动地站着，书包悬在她的手指尖，她看着远方，一只膝盖抵在另外一条长椅上。她仔细看着灰黄色的天空，像是在驶向未知地方的跨大西洋游轮上，看着一望无际的大洋。巴尔德尔避开她的目光。他觉得空虚，伊莲内仿佛成了陌生人。他像是一只泄了气的皮球，心想：

我可没有任何高贵的动机。意识到这个不可怕吗？我可愿意保持这种冷漠，可要是说出来，就是愚蠢可笑的。

突然伊莲内走向巴尔德尔。他站了起来。她抓住他的手臂说：

"无论怎样，我们都不能分开。我想永远都能见到你，你明白吗？你答应我一定会来。"

"我保证。"

"你能给我发誓吗？"

"我不能给你发任何誓。我有个六岁的儿子。为了他我向你保证，我一直都会来的。"

伊莲内吃惊地笑了：

"六岁的儿子……你？我的上帝！"

巴尔德尔再次感到她无法理解这些事情。现在她将一只手放在了他肩上，巴尔德尔没有动。

伊莲内坚持说：

"明天我要见你。你必须告诉我一切。"

巴尔德尔无法掩饰鄙夷的目光。这小姑娘还想介入他的私人生活！巴尔德尔想要哈哈大笑。她没发现她会在什么样的地狱里受苦么？

"你得告诉我真相，所有的真相。"

巴尔德尔极速思索：

真相。我们想要的真相是什么？两年前在雷蒂罗是个真相。她在火车上哭泣也是真相。我和妻子和儿子也是真相。她的绝望是另外一个真相。她看着我的一分钟也是真相。我们在这里，在这可恶的站台上，像个荒岛。真相……

伊莲内坚持说：

"你答应我明天一定来？"

"我保证。"

"你孩子好看吗？"

"嗯……还可以……"

"像你吗？"

车站的铃声响了。道口看守员出来工作了。

"你向我保证会来的。"

"我会来的。"

"你爱你的孩子吗?"

"对，我爱他。"

"好，明天我等你。3 点在雷蒂罗。"

"好的。"

"你会来的，对吗?"

"我发誓会来的。"

"明天见，巴尔德尔。你别为我伤心。"

一阵大风将他们裹挟在了灰尘之中。列车窗口的横线滑到了他们的腰间，车停了，几个乘客匆忙上车，伊莲内蜷缩在窗口。突然，火车离开了站台，她挥手的样子在列车转弯时消失了，站台只剩下巴尔德尔一个人。他没敢坦承，他很渴望独处来享受这快乐。他原地转着圈，从碎石的道砟上延伸出四条闪闪发光的铁轨，像是镍做的。

一种感恩的幸福缓慢地搅动着他的胸口。他发出阴沉的光芒，像是在洞中被一道阳光唤醒的蛇身上的鳞片。巴尔德尔克制住想坐在水泥站台边缘、脚踩在砾石间的杂草丛里的冲动，活像一个流浪汉等着火车带他去往光明的国度，那里的清晨比银质的铃铛还要响亮。

在可能的国度里

巴尔德尔睡不着。他也没在思考。他的身体平躺在床上，灵魂在"一切皆有可能的国度"里大步穿梭。

"哦！这高贵的姑娘。她没回绝我。如果我和她结婚会怎样？如果我和埃伦娜离婚呢？为什么不行呢？"巴尔德尔的灵魂在"一切皆有可能的国度"里大步行进。

高山、白雪、斜屋顶的房子、茫茫雪原、白色的栅栏，在每个橡树围栏那儿，伊莲内都在等他，他到了，拥抱她，他们互相亲吻，他们是夫妻。为什么不行呢？开始一段新生活，抛弃现在的妻子和儿子。为什么不行呢？

巴尔德尔的灵魂在"一切皆有可能的国度"里大步行进。与伊莲内结婚。和她在一起。总是看到她的脸，和她一起吃早饭，头靠在她肩上、手握着她的手聊聊金属摩天楼。外面下着雪。巴尔德尔看着铅皮框窗外的雪原，远处几座房子的氧化镁制的房顶上盖着像棉花一样的雪。

"你去趟城里吧。"

巴尔德尔向她告别，坐上他的"哈德森"小汽车。他在白色雪原里奔驰，轮子间雪花飞溅。白昼飞速消逝。夜幕降临。外面依然白雪皑皑。巴尔德尔从满是摩天楼和工厂的城里回来，走过一条孤独的小径，进入矮屋顶房子的大餐厅。桌子的白桌布上餐具锃亮。伊莲内坐在他面前，外面还在不断积雪。晚饭后，伊莲内坐在钢琴前，弹奏起来，然后两人手搭着腰上，走向卧室就寝，外面的风在呼啸，突然巴尔德尔惊恐地从床上跳了起来。

有人在敲他的坡屋顶和白栅栏房子的大门：

原来是他的妻子和儿子。

巴尔德尔努力赶走这幽灵：

"不，不，不。"

如果他离婚了，他的妻子就能重新嫁人了。当然了！难道她不漂亮？但巴尔德尔不了解这漂亮女人，她的眼神能穿透他，看他的时候没有任何表情。但是，他爱她。但他也爱伊莲内。如果他们试一次呢？先分居一段时间？仅仅是试试看。他疯了吗？他一想到要试试，就想去叫醒妻子，跟她提出这个建议。不，事情不能这么做。但他爱伊莲内。

巴尔德尔的身体平躺在床上，灵魂却在"一切皆有可能的国度"里大步行进。

伊莲内得有个超凡的灵魂。要是她没有这样的灵魂，他不会经历如此这般的热情。什么样的女性能如此大度？当然了，巴尔德尔无法解释伊莲内为何如此大度……但是如果她不这么大度的话……他会如此倾心于她吗？巴尔德尔觉得这样就说得通了。他自认对事件的评价总是对的。

总之，她妻子年轻漂亮。为什么她不能另嫁他人过上幸福生活呢？那会比跟他在一起幸福多了，他是个疯子。他们两对新夫妻甚至可以互访。为什么不呢？到时，他不再以"你"称呼自己的妻子，而是对她说：

"您怎么样，太太？"

她则会回答：

"您怎么样，先生？"

这种事情真是难以置信？不。两个人结婚不是为了永远睡在一个屋檐下的吗？他不想伊莲内过得不幸！不，我的上帝！

希望她能幸福。他甚至会建议她找个体面人当丈夫，比如说建筑材料商人……哦，不幸的是，建筑材料商都是粗俗的人……他的妻子嫁给一个律师不是更好吗？他仔细想了想，律师得是四十岁。四十岁的男人才是体面的，生活才有节制。

巴尔德尔忍不住笑了。他之前的惊吓消失了。为什么不行？为什么不行？他妻子完全可以离婚。

法律手续办一年，再过一年与一个好人结婚。两年……飞快的两年，他们生活中的问题就完全解决了。他可以去找伊莲内，在下着雪的平原上，开着哈德森小汽车，像破冰船一样在雪地里留下痕迹。

他的妻子。他不能否认，她是个好女人。但好女人一般都无趣。而且，这位好女人心情总是很暴躁。他就是这暴躁情绪的缘由，让她快乐不起来。那为什么埃伦娜不找个律师结婚呢？她可以给律师建议。四十岁的男人清楚地知道，女人的建议最好要听。他妻子知道如何给人建议。要是埃伦娜聪明点儿的话，应该感谢他为自己幸福设想。但她不会的。如果跟埃伦娜暗示这桩新婚事，她肯定要生气。还说女人不荒谬呢！他在为他妻子的幸福着想，但要是埃伦娜得知他的想法，眼睛都会喷出绿色的火焰，会跟泼妇一样掀起一场风暴，这点他太肯定了，简直可以下双倍注了。

巴尔德尔动了动平躺的身体，在床上翻了个身，然后又平静下来，他的灵魂在"一切皆有可能的国度"里大步行进。

人类的不幸就在于不怎么理智。如果每个人都按照自己的意愿行事，那生活不是非常和谐友好吗？他现在不需要他的妻子。他需要伊莲内。而且他要的也不多。一个下雪的国度里一个坡顶的房子，一辆哈德森牌小汽车。伊莲内会挽着他的手臂，和他一起漫步在雪中，远处，风吹动一片黑色的树林。那跟伊莲内聊些什么呢？讲讲灵魂。讲讲社会问题。对，但是这些事情发生的前提是与埃伦娜离婚。他有预感，伊莲内会给他一种可怕的幸福。而且这幸福来得如此轻松！有什么会阻止埃伦娜与体面的中年先生结婚呢？而且他会和伊莲内一起去拜访他的妻子。当然了，那时他妻子已经和律师结婚了。为什么不呢？所有人都成为朋友。不幸的是，这只发生在下雪的国度里。这儿不下雪。这儿阳光灿烂，有诗人范儿的混血儿和敛财的加利西亚人。

巴尔德尔沮丧地摇了摇头。

伊莲内是纯洁的。她的胸怀如此宽大。她的悲悯无边无际。他不能离开她了。他怎么能失去伊莲内呢？没有伊莲内，生活就没有意义。

那他的儿子呢？

如果埃伦娜离了婚，改嫁他人，那她的丈夫清楚地知道得养活这孩子。而且，在最坏的情况下，他也可以抚养小路易斯。为什么不呢？孩子给一个家庭带来欢乐。尽管他也不是特别在意这欢乐，但孩子可以给他人美化生活。那这事儿有什么特殊的？每天不是成千上万的人都在结婚和离婚吗？地球又不会因此停止转动。可惜这里不下雪。

巴尔德尔平躺的身体在抱怨、在叹息。他的灵魂站起了身，在"一切皆有可能的国度"里大步行进。

伊莲内没有愤怒地拒绝他,她只是在火车上无声地哭泣。大颗大颗的泪珠像鹰嘴豆那样滑过她紫色的脸颊,无可名状地摇着头。

"对,那孩子呢?"

巴尔德尔停留在"一切皆有可能的国度",面前是他的儿子。儿子已经长到桌子那么高了,金发碧眼。那是他的儿子。但他看儿子的眼神不像其他父亲那样凶巴巴。不。巴尔德尔看小家伙的眼神不一样,仿佛这孩子跟他一样大。

"这是我的孩子,但这小可怜没有过错。因此,他是我家里的客人。"

他得经历痛苦、学习,或者说,生活。

有时候他看着儿子,心想:

"这小子会让多少女人受苦?又有多少女人会让他受苦?"

希望他变得强壮,这是他唯一的希冀。其他再没有了。希望他自私。能好好享受生活,不要像他爸那样愚蠢,对一切充满怀疑。

这孩子是他的儿子。是他的朋友。在他家里慢慢长大,到一定年纪就会搬出去,祝他好运。

巴尔德尔明白,他对儿子的忧心不重。其他的父亲总是凶狠地缠着儿子,嘴里总是念叨:"我的儿啊。"这些人说"我的儿啊",听到这话的人还以为这些禽兽生了个上帝呢。还以为孩子到了一定年纪不再重复父母的经历。他们说"我的儿啊",就好像全世界所有的强盗和所有的妓女不是某人的孩子一样。

巴尔德尔驾驶他的哈德森汽车,以难以置信的速度在"一切皆有可能的国度"的雪原上飞驰。

为什么这么愚蠢地崇拜孩子？为什么不把儿子或女儿看作男人或女人？他们有自己的需求，有一天也会因欢愉而仰天长啸，忘记父母。就算离开埃伦娜，他也还是小路易斯的爹。不，不。小路易斯是他的朋友。到路易斯满三十岁的时候，一种激情会撼动他，他会大喊：

"我是我好色父亲的延续，我像他一样热爱生活，像他一样不会犹豫不决，像他一样享受一切可以撕咬的、抢夺的和抓住的东西。"

那时候，儿子会骄傲地想起父亲，当他平躺在床上，抱着一位妙龄少女的时候，他会想：

"爸爸也曾经像我一样，怀抱一位小姑娘。"

为什么有这些世俗的犹豫呢？为什么要延续谎言？儿子、妻子、母亲、姐妹。为什么要干预这些奇怪的人，取缔他们萌发的欲望，他们狠狠地享受了生活或是将要享受生活，反正某个时刻，他们放大一百倍的本能会扫清所有的犹豫和所有道德方面的考虑。戏剧、戏剧。我们得活在戏剧里。赞美我们的戏剧，然后说："我放弃了我最爱的妻子，去完成我的使命。还能怎么办？在这个世界上，谁尽到了自己的责任？什么是责任？谁能履行责任？负责任有什么好处？"

巴尔德尔穿过千年冷杉林和盖着雪毯的平原。哈德森的引擎在一片孤寂中发出响声，他的思想比引擎转得还快。他的手握紧了方向盘，越开越快，干树枝在轮胎下吱嘎出声，跳向两旁。

责任！总是尽职尽责的完美先生在哪里？总是尽责的女人在哪里？大部分人还不是只有卑微的灵魂、虚弱的身体、胆怯的分辨力。这些人是负责任的代表？

上层，尽是产生铁石心肠的人，玩忽职守。下层，那些尽责的人睡在肮脏的房间里。下层人的责任就是观察上层给他设计的计划。或者有那么一次，下层人也能给上层人制订计划？

汽车停了下来。巴尔德尔下了车，雪原无穷无尽。远处出现了森林，高处的天空漆上了冰川绿。巴尔德尔坐在车的踏板上，脚插在雪地里，手托着脑袋，眼睛盯着全是孔隙的白色地面，心想：

我厌倦了这单调。受不了了。

埃伦娜的任何表情，任何一句话，他都能了如指掌了，还有什么不能预见的？我知道她何时走神，如何对我微笑，如何躺在我身边，她献身于我之前的吻有多重，之后的有多重。我累了，她让我难过。我怜悯她对生活真诚的态度，我也怜悯她的正派作风。她从来不背着我偷人，从不去找情人，只是给儿子做衣服逃避这一切。她低着头为儿子缝衣服，但终有一天儿子会找来个不贤惠的女人，跟他抱怨："你妈总挑我刺，惹我生气。"然后，他因为爱这个女人就离开他妈。

那么，究竟什么才是生活？一个残忍的肉铺？一场无情的战斗？

在"一切皆有可能的国度"的雪原中，巴尔德尔坐在哈德森车的踏板上，雪慢慢落在他的背上，他睡着了。

以道德之名

黄色的月亮泛着绿色的光晕。

粉色与灰色高耸的摩天楼，背靠着浓浓的夜色，像是镂空透出光线的山丘。

广告上的固特异橡胶轮胎在火棍上，一位傻姑娘坐在马车上，在两位穿着礼服的男士的陪伴下，驶向金色走廊，腋下有两包饼干。在饭店的栏杆上一只猩红色的蜘蛛正在一包蓝色的马黛茶上编织绿色的网，包装上写着：使用酿杜地①茶叶。在雷蒂罗广场红色石子铺成的人行道上，巴尔德尔焦急地来回踱步。他回头发现祖列玛正迈着小短腿快速向他走来。巴尔德尔低着头朝她走去，她伸出手来，盯着他眼睛，以夸张的口吻大叫，这真是符合她搬弄是非的性格："我什么都知道了！"

巴尔德尔的下巴抵着胸口，不断劝诫自己：要有耐心，演好你的戏。然后，他将双手叉在腰上，艰难地摇着脑袋，像是评判他人的命运：

"我们的命运多么神奇，祖列玛，神奇的命运！您丈夫无法理解您敏感灵魂，这很不幸，我妻子心肠硬得像石头，我也不幸福。我们的生活真不幸啊，祖列玛！真不幸！我们能相遇真是注定的。我们是兄妹，祖列玛，是受苦受难的兄妹。"

---

① 酿杜地是瓜拉尼族印第安人编织艺术，在瓜拉尼语中的原意为蜘蛛网。

祖列玛指着一条绿色长椅：

"我们坐在那儿吧。昨晚伊莲内来找我了。她眼睛都哭肿了。"

"您怎么看，祖列玛?"

"我一开始不相信她说的。我还说这不可能……巴尔德尔是个绅士。"

"正是因为我是绅士，我才告诉她我已婚的。您看，要是我不爱她，我会跟她说真相吗? 有什么必要告诉她呢?"

祖列玛理解了，点了点头，巴尔德尔心想：

这个不要脸的，她肯定背着丈夫偷人了，估计找了两三个情人，她还有胆量来跟我要说法。但表面上他保持沉默。

石板路街道仿佛泛着铜光。一个闪亮的灯牌灭了灯，砾石冒出深紫色的光泽。他随即理解了，应该说一两句有用的话：

"请您告诉我，祖列玛，我们的相遇难道不是一种宇宙的宿命吗?"

她的手垂下来，落在了裙子上，仔细观察着巴尔德尔的脸。他在光照下，祖列玛的脸在暗处。埃斯塔尼斯劳觉得她在观察他的表情，就故意装出痛苦又困惑的样子，其实内心远没有这种感受。

祖列玛暗示他：

"你和伊莲内也许上辈子就认识。我脑子里这个想法谁也夺不走。您得和伊莲内结婚。离开'那个'女人。"

"对的……我就是这么想的……"

"您，巴尔德尔，像我一样，需要有个精神生活，有谁比伊莲内更理解您呢？您听她弹钢琴就会明白！这姑娘是个奇才。我没骗您，巴尔德尔，她是个奇才。不嫁给文化人，她还能嫁给谁呢？她肯定……不是贬低您，巴尔德尔，但伊莲内真是能找个更好的……更好的……他父亲是中校。他们是体面人家，巴尔德尔。"

巴尔德尔读着招牌上的字：现代别墅。建筑公司。将您的建筑交给我们吧。

汽车在广场中心的铁柱那拐弯，一些行人沿着人行道奔跑，三个招牌同时灭了灯，街道瞬间陷入黑暗。巴尔德尔看着脏兮兮的天空中的一颗恒星，若有所思地重复道：

"哦！对，我们上辈子就认识。"

同时，他内心在说："毫无疑问，他们派这女人来考查我有多么愚蠢。"

"您该做个决定，巴尔德尔。不要浪费时间。如果您真的爱伊莲内，这点我不怀疑，您应该抛弃'那个女人'。伊莲内会多么高兴啊！多么高兴啊！您都想象不到，巴尔德尔，这姑娘能有多高兴！她是那么善良！"

"哦！我知道，我知道……"

"我自己……我向您发誓……我也快离婚了。对。您看，如果我还没抛下阿尔贝托，是因为怜悯他，他快瞎了，非常冷漠，啊，对我非常冷漠！我又是那么感性。每次我走进家门，就觉得进了冷库，巴尔德尔。冷库啊。"

巴尔德尔根本就没在听了。他在蒂格雷和他的欲望之间画了一道直线。一条四十公里的直线，穿过厚厚的墙壁和大楼，他打了个激灵。

在那儿，在带有木门、贴着印花墙纸的房间深处，伊莲内眼中的神经仿佛与她子宫的神经联结在一起，给他传来一阵强烈的情欲短波。一种模糊的召唤让他下半身酥软，瘫坐在了绿色长椅上，面前是固特异轮胎猩红色的招牌。粉色和灰色的摩天楼像是露出光线的镂空山丘。

他眼前的空间在旋转。伊莲内仿佛在给他的性器官发送短波讯息。巴尔德尔压制住情感，审视身边这位目光蛮横的短腿女士的把戏。他蒙蒙眬眬地看着祖列玛，听她说：

"啊，你们可真是美妙的一对！她十七岁，您三十。"

"伊莲内怎么样了？"

"我安慰她了……但是我没忍住，告诉了我丈夫……"

"啊！对……那么他怎么说？"

"他先是很警惕……然后我跟他解释了，您是位绅士，他就放心了。您看，他也很爱伊莲内，因为他认识中校。"

"这就是命运！"

"您看，巴尔德尔……我觉得，为了让阿尔贝托放心，您知道男人是什么样的，请您来趟蒂格雷，跟他聊聊。阿尔贝托是好人，善解人意。巴尔德尔。"

埃斯塔尼斯劳心想：

怎么回事？先把她丈夫说成施暴的家伙，现在又成了善解人意的绅士。我到底是落入了什么样的人之手？一帮骗子！

巴尔德尔眼睛盯着一辆电车，车沿着沥青路斜面开下来，司机在弯道站台停下车，张开双臂，敲响三下铜铃，埃斯塔尼斯劳真想要吸一口潮湿的空气，他决定下注：

"很好，祖列玛。您方便的时候，我就跟您去见下您丈夫。"

电车尖锐的汽笛声响起，一队公交车开过，空气中充满了烧焦的汽油味。祖列玛很满意地笑了，站起身来说：

"伊莲内会很高兴的！这样吧……明天下午 3 点我们在蒂格雷站的甜品店等您。"她突然回头看了看英国钟楼，大叫，"已经很晚了！我们就这么说定了，行吗，巴尔德尔，3 点钟？我得去音乐学院。请帮我叫辆车，可以吗，明天下午 3 点?"

他抬起一只手臂，在街边叫停了一辆红色轿车。巴尔德尔打开车门，她懒洋洋地靠着座椅上的抱枕，伸出戴着手套的手，像个高级娼妇那样微微一笑，巴尔德尔终于送走了她。

石子路面泛着古铜色。

好吧……

固特异。酿杜地茶叶。把您的建筑交给我们。

好吧……

最好的饼干。西班牙人大酒店。

当然了……

砾石冒出深紫色的光。巴尔德尔再次蜷缩在绿色的长椅上。

他将眼中的光与胡言乱语的力量断开。剩下的就交给魔鬼决定了。这么说，正派男士想要结识一位绅士！通奸的妻子还能教星相学。真是不错！只有大傻瓜才会答应。

固特异。最好的轮胎。固特异。最好的轮胎。

为什么不呢?

一种极其沮丧的心情触动了他的神经。他没有落入垂直的虚空，而是半闭着眼睛，感受巨大的同心拱顶。两位穿着礼服的绅士坐在马车上，中间坐着年轻姑娘，她腋下夹着一罐饼干，走进金色墙壁的走廊。

但是，我是唯一有过错的那个。他们给我提供了游戏，我接受了。最严重的是，我还接受继续玩下去。剩下的都让魔鬼决定吧。这是条黑暗之路吗？

石子路面泛着古铜色，砾石冒出一种紫色的光，巴尔德尔使劲儿拧着手。

这是三种生活，或四种，或五种。她的女朋友，第一种。丈夫，第二种。母亲，第三种。情人，谁能数得清情人呢？……啊！我是个大蠢蛋。为什么不试试呢？为什么不去走走这黑暗之路？实际上，有三种或四种生活埋伏在那儿，轮流向我伸出利爪。我还自寻死路，没躲开。跟她丈夫见完后，又该谁出场来结识我？肯定是她妈。然后可能是中校。啊！不……中校已经入土了。中校这方面我们可以放心了。我像是被辊轧机压住衣角的可怜人。这机器最后会将我吞了吧……或者我把这机器吞了？看情况吧。有时候与那些肤浅的灵魂战斗比跟那些深刻的灵魂战斗更残忍。但是你们要小心呀，要小心。我这个"蠢货"可能会给你们个惊吓。计算摩天大楼是一件事，跟外行边摸索边干可完全不一样。我会是她们想要的工程师样子，他们认为的疯子样子……但是我还有别的……另外一个隐藏在我内心的东西，他们要是能发现，可算是巫师了。总之，真相是这样的：这位正经朋友之后，会是受人尊敬的母亲出场。我敢赌上我的脑袋。他们组成了考察队。先是这女友，然后是女友的丈夫，然后……假设我的猜想是对的。我得怎么想？城市很美，真美啊！

巴尔德尔淡淡地笑了。他看着浓浓夜色中粉色和灰色的摩天大楼，像是镂空的透光的山丘。白紫色相间的招牌突然变暗。远处传来机车的啸叫声。人们戴着帽子穿着衬衫走在街上。

对，城市很美。但这黑暗之路也很美。大魔法师抓住他愤怒又愚蠢的徒弟埃斯塔尼斯劳·巴尔德尔的耳朵，对他说：

"你个愚蠢的自大狂，你不想走进这漫长的黑暗之路？你不想获得永恒的青春和不用负责任的暴力？"大魔法师缓慢唤醒了小姑娘的卵巢，她打开裹面包的报纸一看，看到了这个大蠢蛋的名字印在报纸上，字号如此之大，横在页面上。钢筋与玻璃构成的摩天楼。月亮是黄色的，泛着绿色的光晕。猩红色的玻璃蜘蛛编织着绿色的网。

但是，生活是美好的，完美的。我很爱这小姑娘，她用舌头给我深深的吻。对，她是处女，却给我舌吻。谁教她的？是魔鬼还是她的女友？总之，这是一回事。我自己陷入其中，像是无知的羔羊，而大魔法师在我耳边轻声说："你不想走进这条黑暗之路？"

石板路面泛着古铜色，砾石冒出紫色的光泽。远处机车的鸣叫声，在猩红色圆眼睛的注视下的黑暗中，巴尔德尔微笑了：

去认识下她朋友的丈夫吧。哦，年轻人真是天真！也见她妈妈吧。父亲也见。管他呢。我在天地之间迷失了。我想在她的臂弯间睡觉，像婴儿睡在母亲的怀中。

为什么不呢？……为什么不？为了她，我进入迷失之路，有什么关系？我想成为她的狗。一位为了会舌吻的坏处女而疯狂的男士。历史会这么写："好色的工程师将灵魂卖给了魔鬼，不是为了在工程技艺上更为精进，而是为了占有中校的女儿。中校的女儿将这猥琐的工程师变成了懦弱的家伙，再也没有任何预制水泥公司敢相信他做的数学计算和草图了，这好色的工程师为了私欲推倒了所有的水泥。他变成了野兽。"

我们的饼干是最好的。固特异。一秒的黑暗让人看到天空中的三颗星。请把您的建筑交给我们。广场上的树木仿佛睡着了，连一片叶子都不动。

看来祖列玛的机械师丈夫要考验考验我。这偷情的女友却幸灾乐祸。要是我错了呢！要是我真的错了呢！我的上帝！我真不在乎走错！我想融化在她的亲吻里。我想在公共广场上大喊："为了这可爱的姑娘，我变成了世界上第一号大傻瓜。"当人们要求我解释我的行为时，我会厚着脸皮回答：

"我为我迷失在了天地之间的灵魂而歌唱。我爱我的灵魂，爱我灵魂的迷失，高于一切。我会嘲笑她，像我嘲笑魔鬼一样。然后我会掉下悔恨的泪水说：不，这小姑娘不是我想象的那样性感又悲伤，而是光芒四射的女神，变成一位让数学和巴赫旋律合在一起的女生。商人、嚼舌根的胖女人们、喜欢道德说教的骗子就会仰天长啸：世界末日到了。这工程师发了疯，他跟魔鬼签订了协议，恶意嘲笑一位处女，努力不损害这童贞。这机械师也许会在公共广场上成立一个法庭来审我。我会如此应答：在一位欺骗丈夫的荡妇和一位忽视了力平衡的机械师的帮助下，中校的女儿给我出具了虚假的证词，那么，她的证词又有什么价值呢？这位机械师知道自己是做什么的么？他还殴打老婆。如果人群中走出一个高高瘦瘦的人，用手指着我鼻子大喊：'这个人疯了。'那么，我如何辩护？因为没人会怀疑我疯了。他们从此会叫我疯子工程师。他的数学肯定也糟透了。他们甚至会请法律顾问，这些魔鬼就会发现我疯了，那么这机械师、我妻子、中校的女儿……真是烦透了！但现在我最好还是回家吧。"

巴尔德尔站起了身。

黑暗之路的召唤

红色阴影。黑暗里油腻又炽热的光芒从镜子上滑落下来，这些镜子把走廊照成了三角形。

巴尔德尔蹑手蹑脚地走进房间。眼睛停留在睡熟的妻子身上，妻子躺在一个靠枕上，儿子紧贴着她的背。孩子的手放在她红色的脸颊上，眯缝的眼睛只能看到两条黑色的眼线和睫毛。妻子的脸看上去是红色纸板，额头像青铜色的蓖麻。

巴尔德尔累坏了，坐在床边上，看着石膏般的晴空，紫色条纹云朵嵌在其中。云的形状很像埋伏中的机关枪。巴尔德尔嘟囔道：

"真要命。得赶回来……"

他闭上了眼睛。他感到眼前是戏剧性的舞台。周围的人跟他无关。在红色阴影里，炙热的光芒丰富了半夜钟表的转动，工程师听着演员的表演。他们在钢条穹顶下聊着天，阳光黄色的光线被高处的黑暗切断。

巴尔德尔：你看，伊莲内，我来下赌注了……但你得告诉我真相。你是处女吗？

伊莲内（抓住了巴尔德尔的手）：哎呀，你怎么还怀疑我？我亲爱的，你怎么这样！

巴尔德尔：我有点儿怀疑，就问问你。

祖列玛：如果伊莲内不是处女又怎样？您会继续爱她吗？

巴尔德尔：是，我依然会爱她，但是我的行为会跟以前不一样。

祖列玛：那您放心，巴尔德尔，伊莲内还保有童贞。

巴尔德尔在房间里待着，他理解钢穹顶下这些演员的心痛苦地收缩了。主角认为这个姑娘撒谎了，他替这姑娘难受，而不是替自己。

巴尔德尔的妻子在床上动了下。他快速起身，关掉灯，开始脱衣服。他停了下来，开始思考：

那么明天我去见下机械师。

一种轻微的悲伤穿透了他，如此之深，甚至触碰到了他的胰腺。工程师很确定，这些最后都会带来最后的不幸。

他心想：我想到的是，一个人落入了一群骗子的手里。他的悲伤获得了一些焦虑的移动性。他想要搞清楚。当然了……从他们骗我的那天起，我就想搞清楚。为什么所有这些人会吸引我呢？难道我想被他们说服是我错了吗？但是，他们吸引我。祖列玛，我不认识的阿尔贝托，伊莲内……我不知道为什么。我觉得他们像是一个世纪前就来到我身边了。真的，骗子的技巧真是厉害。

巴尔德尔晕乎乎地半躺在床上，心里想着：有个声音在提醒我："小心，巴尔德尔，你还来得及。"但是我不会拒绝警告。为什么我这么顽固，非要突然揭开人的灵魂，鼓励他面对可以预见到将要发生的危险？可我不是一个野兽。我是一个理性人。一位工程师。一位工程师。一位有数学知识的工程师是可以脱离这些迷思。难道是魔鬼？不……这不是魔鬼。是一种召唤。"

巴尔德尔说出"召唤……召唤"这个词时，感到一阵致命的寒冷进入了自己的心脏。

难道是这黑暗之路的召唤？有必要了解"另外一个"命运。

我笑了……对……我不能否认……但是，这跟我嘲笑这现实有什么关系？埃伦娜睡着，小路易斯也睡着，我却在勾画他们的不幸。他们还没醒。只有我醒着？但伊莲内大概也醒着。也许，这一时刻，她在思念我的同时也在抚慰自己。如果她这么做，是不是就可以指责了？也许她睡着了。召唤……

突然，巴尔德尔想象他妻子已经被"一个危险的信号"唤醒，坐在黑暗中的床边，问他：

"你怎么了，巴尔德尔，怎么不睡觉？"

巴尔德尔想一下，说道：

"我在思考一条黑暗之路。"

巴尔德尔很想笑。他与妻子讨论这类问题想来真是荒谬，但是他需要跟人说，就算是跟个影子说。他内心开始对话：

"假设你不是我妻子。我换个名字，我用第三人称讲巴尔德尔。哦，这让人不大舒服。一个神秘的人靠近我，来问我：

"那人和三个女性之间会发生什么呢？"

我，假装与此事无关，回答道：

"亲爱的先生，您意识到了吗？您怀疑这是一个骗局吗？我们身边好色的工程师很长时间以来就在寻找一条黑暗之路。"

"工程师……"

"对，工程师，尽管您有点怀疑他。工程师有什么特别的？还是您相信工程师不会犯错？"

"不，当然不是，我不能相信这种话……但是他可是位工程师……"

"我的上帝！先生，您的脑袋可真糊涂。而且，您没有权利怀疑我，因为是他自己坦承的秘密……工程师……我们说到哪了？……啊！对，他很久以前就在寻找黑暗之路的入口。"

"为什么？"

"那里是神秘之地，我亲爱的先生。他仿佛想孤注一掷，获得灵魂的幸福，拯救灵魂。有一次，他甚至跟我说，有个魔鬼从他心灵的缝隙中钻进了他的身体，他灵魂保持静止，魔鬼却暗示他做点儿什么可笑的言行，等着这出戏来打碎这迷雾，将他彻底变成白痴。"

巴尔德尔在床上辗转反侧。他点了一支烟。他的对话很愚蠢。这位无形先生比铅制玩具还要沉重。

如果写一封信呢？他想象自己坐在书桌前，写一份文件。

他会说：

"巴尔德尔以后会不断回忆，曾不断寻找黑暗之路，好几位女性自告奋勇给他带路！他毫无理由地拒绝了她们。也许是因为他不爱她们。有时候他自己解释说，这些女人中没有一个有足够的精神力量，给他打开漫长的黑暗之路的大门。"

埃斯塔尼斯劳在黑暗中吸着烟。他妻子咳嗽了起来。孩子在床上翻了身，他自问：

"我能详细描述这条黑暗悠长之路的细节吗？假如一位作家对我说：您给我描绘一下这漫长的黑暗之路，我该怎么描述？"

他会给这位作家讲，他也不知道这作家具体是谁，总之是一位认真听他说话的人。

"巴尔德尔把这条黑暗之路想象成一个巨大的地下通道。他在水泥大楼的地下曲折前行。这里有时候能看见房子和星星。扭曲的太阳斜斜地照亮了道路，时不时出现黑暗的小巷子，比法老的宫殿还要深①。很多幽魂在不同厚度光影交替中蹑手蹑脚前行。他们像陀螺一样旋转，相撞媾和，短暂相偎，然后分开，再去找其他的异性。地面上有立体的摩天楼、打字机、计算器、苍白的脸庞、电车、更多的摩天楼、时尚商店。地底阴暗的道路是歪斜的、邪恶的，属于顽固违反善良法则的人，这些人发现了恶的至善。"

埃斯塔尼斯劳·巴尔德尔坚持解释黑暗道路的结构，这里能找到意志推动的行动，有能力将灵魂与身体分隔开。我们可

---

① 这里用往下走形容巷子深，因为深的含义可以是远也可以是往地下很深。

以观察到，根据巴尔德尔神秘的神学，拒绝有罪孽精神的人不是其他人，而是罪孽精神自愿隔绝在自己的猪圈里。猪圈就是一种错误、一种罪行、一种态度、一种跳跃，陷在灵魂特别厌恶的某个事件中。工程师做事的原则是，假如一个人背离了真相，做出一种反天性的行动，那么他的神经就会受到奇怪的打击。如果他坚决要远离真相，那么就会有那么一刻，他会理解，他的思想已经陷入了危险境地。确信这一点后，他还继续伪装天性，那么他日常走过的小道就会变成漫长的黑暗之路。

只有上帝或是魔鬼才知道，这灵魂在长期的扭曲斗争中，会不会完好无缺地幸存下来。

以前，当一个人行事无甚逻辑，跟他的灵性不匹配，那么就可以说，他把灵魂卖给了魔鬼。目前，该如何给两个人类之间签订的协议命名呢？这两个人其中一个清楚地知道，最后得将另一人打败。两人都确信必须在斗争中付出所有努力才能存活下来。

巴尔德尔心想，在最物质主义的生活方式下，存在性质模糊的和非人的恶。例如，背叛耶稣的人如何生活？犹大因为恐惧而自杀，这恐惧是因自己犯下的可怕罪过而产生的。如果一个人没有勇气结束自己的生命，那他在罪行的记忆中会将这罪变成漫长的黑暗之路的分支。

进入这条路对于巴尔德尔来说是潜意识里的担忧。也就是说，他想要打破将他与他同类组成的社会联结在一起的东西，目的是进入幽灵涌动的地下。巴尔德尔之后提到这种情况的时候说：

"如果在那种情况下，一个高于我的生物靠近来预测我的未来，告诉我将会遭受几百万分钟的痛苦，我也不会后退，会坚持跟伊莲内在一起。我身体每一立方都在要求延长这姑娘带给我的假象。穿越这段人类神秘的地下小道对我有必要，'非常有必要'，在这里，苍白的潜意识、魔鬼般的祖先和盲目的命运在等着喝我们的血，这血将被盛在深深的杯子里赐予他们。

"我想证明在我身上发生的一种异常：

"按逻辑推演事件的经验（后来时间证实了我的假设），到这一步本应当让我减少踏入禁区的欲望，但却点燃和激发了我的欲望。难道这种情绪不是一种魔鬼吗？为什么不去弃暗投明，有正常情感逻辑的人都会这么做，我却做了相反的事情，从光明走向黑暗，从熟知走向神秘？跨越这条线，就系统性触犯了人深层意识里的性本善的原则。人就算犯错，也要寻找一个最终的真相。"

传说在不断重复：

"不听话的王子"不顾导师们的建议，想要踏入禁区，那里有无数的诱惑。他知道，如果自己不够强大，会死在神秘怪物的利齿下。王子有信仰，他投身于黑暗之路，战胜了魔鬼。从这次战斗中，他获得了智慧。

噩梦场景

巴尔德尔觉得自己像在橡胶地板上滑动。但是，地板不是橡胶的，而是木制的。他穿过白色石膏顶的大厅，一块镜子照出了他经过的身影，他进入了一个走廊……

三个脑袋围绕着他，盯着他瞧，房子外面是绿色的潘帕斯草原。

伊莲内，祖列玛和一位男士。

这男士站着跟他握了手。他个头很矮，鼻梁上架着一副眼镜，模样冷峻。他的话像口哨一样从薄薄的嘴唇间溜出。巴尔德尔很反感。

"很高兴认识您，工程师巴尔德尔……"

巴尔德尔坐在伊莲内的对面。他沉浸在她从棕变绿的美丽眼眸中。

"……这是必要的，您能理解吧……"

这人说起话来甜甜的，却显得诡计多端。巴尔德尔说"能"，但是他没用心听。他的眼睛盯着这人的脸，这矮个儿的形象真是可恶，还有资格来谈大事。

巴尔德尔想要恢复思维的平静，再次说道：

"当然了……当然了……我很想认识您。"

祖列玛看着他，手肘戳了戳伊莲内。

这冷漠的矮个儿开局了：

"……我从祖列玛那知道，您是已婚人士。"

巴尔德尔控制了下自己的情绪，看着日本女贞树围着的硬土院子。五线谱一般的电线网被玉兰树三角形的树冠打断。在树丛后面的地上，能看到穿着白色草鞋和黑色裤子的人走来走去……

"我得承认，您的行为一直都很绅士……"

巴尔德尔自问："这人有祖列玛说的那么野蛮吗？"

"但是这还不够。我是罗阿弋萨家的朋友。"

"您怎么样？"巴尔德尔向伊莲内问候道，在他们面前，他不敢用你相称。巴尔德尔回头看着阿尔贝托，已控制住了自己的情绪："您怎么看这件事？"

这嘴甜的家伙给人一种感觉，仿佛沉浸在了下象棋的思考之中。他出车了：

"……反对这个事儿也没什么好处。您觉得呢？"

"对呢……对的……"

"哦！阿尔贝托。"伊莲内忍不住插话。

"可您是我们的朋友，对不？"巴尔德尔问道。

"对，我是她们罗阿弋萨家的朋友。伊莲内是个天真的小姑娘……"

巴尔德尔和伊莲内交换了一个不怀好意的眼神。他飞速思考：

我不能要求这机械师给他判定的天真下个定义。一旦我们开始咬文嚼字，这场对话就无法收场了。

"哦，对！我很同意您说的，伊莲内是个天真的小姑娘，就是因为这个，我对待她的方式才那么高尚，没人强迫我。也许这些话说出来就被曲解了。您不觉得吗？"

这狡猾的人把头往后仰。他镜片后的眼睛，试图从巴尔德尔的脸上寻找讽刺。但巴尔德尔依然保持严肃。他的外表和内心都很严肃。这说话像哨声般的人甜蜜地打断了他：

"我现在就相当于伊莲内的父亲，我怎么能不为她着想呢？"

一只停在走廊大理石台阶上的红色公鸡看向他们。它红色的鸡冠仿佛立了起来，喔喔叫了几声，从伊莲内的座位后面走过，徒劳地啄了啄铺了马赛克地砖的地面。

埃斯塔尼斯劳很想问他为什么说话那么甜，甚至想把他比作蛇——这条蛇在他耳边诉说着一个糟糕的秘密。

"我了解了这个情况，所以我接受您介入这件事。"

他用手搓着脸和上颌，还偷偷瞄着埃斯塔尼斯劳的脸。巴尔德尔真受不了他，很想一走了之。这冷峻的人继续教训他：

"光有良好的愿望是不够的。唯一让我们能容忍您跟伊莲内发展关系的办法是，跟您的妻子离婚。伊莲内活在这个社会里……"

巴尔德尔心想："哪个社会？"

阿尔贝托还在说：

"她父亲是我军中校。我也同意，一些社会成规确实没什么价值，但我们生活在这社会里，就得遵守。"

巴尔德尔努力掩饰自己的惊愕，心想：

我们在哪个国家？犯得着这有革命义务在身的工人来跟我说吗，我可是个工程师啊，他有什么权利跟我说社会成规。真可惜我们不在俄国。在俄国他要是这么说，早就被枪毙了。

巴尔德尔克制了怒火，轻声回答：

"我也意识到了，伊莲内生活在社会里，有权利要求我离婚，和她结婚，给她幸福。"

这甜蜜蜜的男人疑惑地提问：

"那您会跟伊莲内结婚吗？"

"对……我会跟她结婚的。我有预感，和她在一起会很
幸福。"

伊莲内棕黄色的眼睛盯住了巴尔德尔。工程师感动地看着
她的脸，她脸色微微发白，小鬓发散落在脸旁。他跟祖列玛和
阿尔贝托握了握手，脑海里却飞速穿过高山、白雪、斜屋顶的
房子，他到达了橡树围栏的房子，伊莲内出门迎接，给了他个
吻。为什么不呢？抛妻弃子难道是个大罪？

祖列玛生气地说：

"不要怀疑，巴尔德尔，没问题的。除了伊莲内，谁能让您
幸福呢？丫头，你放宽心。您不知道她有多好……"

巴尔德尔看着伊莲内的脸，眼睛慢慢地吮吸着她的脸，回
答道：

"你觉得我们能和睦相处吗？"

伊莲内脸红了：

"会的，巴尔德尔，我们会非常幸福的。"埃斯塔尼斯劳笃
定地点点头，但没能避免一道悲伤的冷战。橙色遮阳棚外面阳
光灿烂，鸟儿在绿树中发出无数摩擦玻璃的声音。但他心里感
到难过。

阿尔贝托，交叉着双臂，看着桌子，抬起头思考：

"我们能换个方式行事么，巴尔德尔？"

"为什么要问我这个？"

"当然。伊莲内爱您。这点我们看得到。我们做的一切都是
为了让她幸福。"

　　埃斯塔尼斯劳想宽容地对待这位嘴甜的男士，但觉得被他扰乱和蒙骗了。他做了个空泛的手势，突然停在了空中，只听祖列玛大声说道：

　　"真是厉害。巴尔德尔，您的手势跟罗多尔夫的一模一样。"阿尔贝托没有理会她的话，接着说：

　　"假设我们反对伊莲内和您交往，你们俩还是会找办法相见，不是吗？怎么可能阻止命中注定要发生的事情呢？"

　　"对，那是当然了……"巴尔德尔敷衍地答道。他的思想已经游到了别处：

　　"这人怀疑过他老婆给他戴了绿帽子吗？他怎么显得这么镇定？可是，我敢赌上我脑袋，她一定做了这事。而且不止一个情人，会有好几个。"

　　"我很清楚，要是罗阿弋萨太太知道了这事，一定会很生气，为了伊莲内好，我们能换个做法吗？"

　　"好……当然，当然。"

　　巴尔德尔心想：

　　"如果是他自己给了妻子机会偷情，把她变成了妓女，这有什么奇怪？这人如此镇定，真是不正常。他知道自己是被绿了的王八①吗？但是，不……他这种样子看上去是一个压力锅，随时可能爆炸。"

　　"……另外，如果我们要求您在了解伊莲内的过程中立刻离婚，也是有点儿不切实际……"

---

① 　西班牙语 cornudo 意思是乌龟、王八，指妻子有外遇的人。

"是这样的……对，当然……"

巴尔德尔心想：

他们手段高明，引导我走向那条黑暗之路。他难道不是假扮成机械师的魔鬼？

"……因为一方面你也没法立刻离婚，另一方面，您早该这么做了，如果您和妻子过得不顺心，为啥还要延续这婚约？"

"这人真是个货真价实的皮条客。我离婚与否跟他有什么关系？我的上帝……我都走到了多远的地方！"

突然，祖列玛说：

"您看，事已至此，巴尔德尔。您和罗多尔夫挑领带的品味都一样。"

"罗多尔夫是她的第一号情人。"巴尔德尔心想。

他觉得自己陷在一个噩梦中。伊莲内不说话，祖列玛也保持沉默，机械师说个不停，话语甜蜜、态度坚决。巴尔德尔很想大叫：放他走吧，不要再折磨他了，他会做他们要求的事情，什么都行，离婚也可以。为什么这个冷冰冰的人会坚持掺和到其他人的事情里呢？难道换个做法不是更合理？

伊莲内嘟囔了句：

"阿尔贝托，已经很晚了……妈妈要起疑心的……"

祖列玛自告奋勇：

"我陪你吧……"

宽宏大量的机械师付了账。站起身。他们向门口走去。

祖列玛隐晦地给他们约好下一次见面的机会：

"明天晚上我们去看电影。巴尔德尔，你要一起来吗？"

"您去吗，伊莲内？"

"啊，当然了……我尽力，只要我妈妈同意。"

巴尔德尔充满好奇：

"您有自己的修车间吗？"

"是啊……我们什么都有……线圈……蓄电器……我还想搞一个硫化装置。总之，到时候再说吧，硫化装置得单独放一边。"

"我哪天去拜访您吧？"

"随时恭候，工程师……您的工作进展如何？"

"不好……没什么活儿。"

"那么，明晚见吧。"

"好，9点……在雷蒂罗。"

他们去站台了。

阿尔贝托和祖列玛背对他们。伊莲内全身僵硬，靠着巴尔德尔，握着他的手。

"亲爱的……今天你做得好，我真幸福！"

"你觉得我在这些人面前的表现还可以吗？"

"哦，肯定啦，他们都是好人。他们会帮我们的。"

铃声响了两声。

阿尔贝托回头看着他，微笑着，几乎红着脸说：

"喂，工程师，别误了火车。"

突然，大家互相打量，仿佛是多年老友了。伊莲内、巴尔德尔、祖列玛和阿尔贝托。他们谁都说不清，究竟发生了什么，但都感觉轻松愉悦。

两声哨声穿过天空。

"明天晚上见。"

"9 点钟,好,9 点钟……"

巴尔德尔上了列车。伊莲内、祖列玛和阿尔贝托挥着手向他告别,仿佛他将踏上很远很危险的旅程。

列车缓慢滑动,压缩空气的爆裂声不断。三只手臂一直不停地挥,直到列车拐弯,站台上的人再也看不到列车了。

主人公日记的摘录

我对伊莲内的爱不断增长,这让我的生活充满了色彩,我跟祖列玛和她丈夫越来越亲近,我甚至真的动了离婚的念头。

我读了几本小说,受了影响,脑子里生出了酒神一般的激情。

爱情超越了责任的界限,是一辆载着火的车,让地球上的人着迷,将他们钉在了幻觉的云端。宗教画家描绘过这类情感,用细细的曲线勾勒出站在星球绿色深壑边穿长衫的教士。

我潜意识里需要一个借口,来扩大我的存在和生命的意义,因为它们本身不伟大也不高贵,很渺小、很单调。伊莲内如此大度的爱让我枯树逢春,在我婚后的黑暗日子里,唤醒了我青春时的激情。

我在她身边,就像是海水遇到了防波堤,我的感情像浪潮

一样汹涌击打在上面。我叫她妈妈，也叫她妹妹。我像所有恋
爱新手那样，以为发现了新大陆。在我之前，没有任何人深入
过这新大陆的腹地。一系列事情发生得恰逢其时，完全不受我
意志控制，激情澎湃。

祖列玛进了哥伦布剧院的合唱队。她以工作需要为借口，
离开了蒂格雷的家，搬到了市中心的小旅馆里住了，离剧院很
近。阿尔贝托为了能吃午饭和晚饭，不得不屈尊每天坐四趟火
车和四趟电车。祖列玛，非常自私，居然还说出这样没心没肺
的话：

"这小可怜做点儿运动也好。"

伊莲内每天都去机械师家。她母亲准许她去。这两位女朋
友都解释说，这多亏了两家是旧相识，伊莲内才能获得这放纵
的自由。我在公寓吃完午饭后，就去阿尔贝托家。祖列玛就像
是地板烫脚，赶紧吃好饭、装扮好、借口要参加排练或是上声
乐课，就离开了。有时候机械师对着奶酪和甜品盘子低头沉思。
还有些时候，伊莲内在阿尔贝托回蒂格雷之前就到了。

我非常困惑，觉得伊莲内享受的自由确实不同寻常，祖列
玛享受的自由也不大正常，阿尔贝托给我俩的自由也是如此。
但是，我们不能要求这机械师为了照顾我们，就放弃了修车坊
的生意，或是要求祖列玛放弃她新工作的职责，更不能接受他
俩因为一些没道理的偏见就不让我们见面。

因此，我们在谜一样的圈子里转来转去。无论有意或无意，
一个人的行为与其他人的行动是相关的，我止不住把他们的行
动想成是碰运气类游戏中娴熟的技术，到一定程度，偶然就会

变成陷阱。

伊莲内一只手抱着我，将我贴到她胸口，另一只手抓住我的下巴，将她的嘴唇压在我的嘴唇上。一种淡淡的悲伤，一些羞赧的内疚在我的意识中痛苦地搅动。她棕黄色凸起的眼睛给我的眼睛倾注了爱，我惊恐又痛苦地问自己：

"为什么我要搅浑我生命中最纯洁的情感？为什么我想做卑劣的事情？我是不是配不上这份伟大的爱？"突然，我再忍不住了，对她说：

"哦！我的小妹妹，小妹妹……"

我跳了起来，升入了男女之间长期存在的非现实的蓝色梦境，这只有在他们没有赤裸相对之前才会有。我在那儿是个英雄、伟人、上帝。我规划和梦想。为了伊莲内我什么都愿意做。她听我的，鼓励我工作。

为什么我不再关心建筑了？为什么我没有继续在报纸上描绘未来城市呢？那篇金属摩天楼的文章很棒。

我对她说"是"，沉迷于爱她。唯一能激励我好好工作的是那个有伊莲内的世界，她是地球上走来走去的十五亿女人中最特殊的。

我重构这场极其漫长又阴暗的斗争时，其他的记忆也在我内心苏醒，有时候，我觉得一个歪斜和橙色的太阳在高处缓慢移动。伊莲内和我是两个黑色的剪影，在一片像静默的石油汪洋般的平原中纹丝不动。我们胸口流出血块，把黑色的道路染红了，我们什么也不说，什么也不做。我们流着血等待死亡的来临……我想这可能是诗歌……但这是我死去的爱人发出的香气，我爱这种可怜的、逝去的爱人发出的香味，像是母亲仍然珍惜很久以前溺海的儿子的衣服一样。

我记得……

伊莲内特别能说服人。我把这种说服人的能力错误地叫作善的力量。我们从来不吵架，因为她从来不反对我的说法。她总是静静地听我说。很难让她放弃这种被动的态度，她唯一显现出智慧的时刻是点点头，表示理解了。尽管我发现她这样的态度，却没太在意。我沉醉在自己的话语之中，每当我高谈阔论之后，她从不用具体的事情回应我，而是将我的头靠在她胸口。我就像一个疲倦的动物一样躺在母亲的怀抱里，她炽热的吻是最有用的回应。男人在女人面前有一种藏匿弱点的习惯，但我在伊莲内身边什么都说，我完全信任她。我从不想对她撒谎，有时候我撒个谎，她信了（我觉得她也是假装相信我），我会非常内疚，会忍不住对她说："亲爱的姑娘，我对你撒谎了。原谅我吧。"

我还发现，一旦我承认撒了谎，我会变得特别激动，有时我故意做这些事情，为了能躲在她怀里撒娇。

我现在想起来问自己，如果这小姑娘像她说的那样爱我的话，她没对我说实话，怎么没有任何内疚，我还曾感到内疚呢。我们先别透露后面的事情。她保守的行为本该让我警醒，但伊莲内已经知道用无言的温柔取得我的原谅。我就忘了这些事。

我仿佛获得了重生。当我说道：奇迹打开了我的感官。她就报以微笑。

就算是现在，我也不知道她究竟有多爱我。我觉得调查人类情感有多深是极其困难的，我心想，那位爱我的女人稍微用了点儿心计，就能给我们那么多幸福，她看上去爱我们爱得要疯狂了。

后来……很久之后，我听到了一个秘密，好多天在我的脑海中不断回响，成了对我残忍的嘲笑。我的一个女友在结婚前对我说：

"我不爱我的男友，我只是为了利益跟他结婚，但是这个世界上没有女人能给他我才能给他的幸福，我吻他之前，总是先设计一下，让他更享受。"

"这出闹剧不可能持续。"我反驳。

"这不仅是可以持续的，而且我都习惯了，我一点儿不厌烦，这把戏反而激起了我的兴趣，看看我有没有能力欺骗一个男人、永远占有他，其他女人都没法赢过我。"

我问过自己很多次，我的伊莲内是不是也在演戏，跟我这朋友一样。

她的沉默是因为她没什么智慧？不是。这是她的策略？我跟她聊天的时候，她脸上显出警惕的表情。她微微斜眉，就像愤怒的小野兽准备扑向猎物。

后来，我跟一位老太太聊到伊莲内的沉默，她年轻时候有过好几段感情，她跟我解释：

"狡猾女性吸引聪明男人的秘密就是沉默。这种策略往往取得成功，这是因为男人本性好奇，总是想搞清楚能隐藏在沉默之下的东西，他们越感兴趣，坠入情网就越深，总之，当他们要撤退的时候，就为时太晚了。"

确实，伊莲内是我认识的女孩中最不坦诚、最不自然的。但那段日子里，我陷入了她的温柔乡，我把这视作世上最珍贵、最纯洁的东西。

我和其他女人接吻时，觉得她们的嘴唇如柴火一般。而伊莲内给我的每个吻总让我神魂颠倒。有时候我很吃惊地看着她。她究竟从哪儿学了这么性感的吻？我不敢跟她提我的悲伤，这悲伤随着我的爱而增长。日子一天天过去，我越来越深陷她肉体的温度之中，她肉体更像是热带多肉水果的果肉，散发着炙热的气味，让人陶醉。她将我的头贴在胸口，我陶醉地看着她眼睛深处。伊莲内的眉间挤出三条皱纹，她坚定地抱着我，给我安全感。我缓缓地轻抚她垂在温润脖子那儿的卷发丝，我触摸着她（不知道从哪个前世认识了她）那天鹅绒般的脸颊，在她唇间慢慢啜饮滚烫口水酿制的烈酒，这甜蜜的味道把我的内脏都烧焦了。

我们像所有情人一样讲着绝望的话，这些话给我们的灵魂带来如此多的坚定：

"我们永远相爱，是不是，亲爱的？"

"对，永远，我的爱，永远……"

"你永远不会离开我，对不对？"

"永远不会，你呢？"

"永远不会，我向你发誓……我怎么能抛下你呢？你没看到，你就是我的生命吗？……我的生命，我自己的生命。"

也许在我说出这些话的时候，她头靠在我身上，像靠在另外一个男人胸口的爱做梦的其他小姑娘一样，问着同样的问题，用同样痛苦而天真的眼神看着他：

"你永远不会离开我，永远，亲爱的，对不对？"

他在自己可怜的世俗灵魂里注入永恒的坚定，回道：

"我发誓……永远不……我怎么能抛下你呢？你是我的生命啊。"

但是，为什么我要写这些东西呢？我在日记里记录东西本可以任性、不公正……或是公正？我写日记的目的不是去展示伊莲内比其他女性好，也不是我巴尔德尔比其他男性兄弟们更好。不。我的目的是证明，我是如何在混沌之中寻找真理的，如何在时时我伴随的无限弱点中寻找自己的能力。

不断增长的爱情

在夫妻的卧室里。巴尔德尔和他的妻子埃伦娜。光线昏暗。愤怒的话语像柴火一样劈啪作响。

巴尔德尔：我爱这姑娘，我不会离开她，你明白吗？我永远不会离开她。

埃伦娜：那你为什么把我从娘家带出来？

巴尔德尔：我没有把你带出来。就算像你说的，我把你带出来了，那你能跟我说说，你给了我什么呢？灰色的生活……就只有这个。自从我们结婚以来，就只有责骂、争吵。

埃伦娜：你是条狗，闭嘴。

巴尔德尔：哦！对……一条狗（想要激怒她）。但是你从来不会像那可爱的姑娘那样，给我这条狗甜蜜的吻。

埃伦娜：那温柔的姑娘跟每个男人都睡吧，是不是？

巴尔德尔：你尽管变成母狗一样。这都没什么用。我爱她，我永远爱她……

埃伦娜：难道我还求着你留在我身边么？你怎么还不滚？

巴尔德尔：走……有一天我会走的……也许吧。现在不行。

埃伦娜：你明天就可以滚蛋。

巴尔德尔：那你呢？（鄙夷地说）发生这一切，只让我同情你。你是这体制的受害者之一。

埃伦娜（讥讽地）：不要为我担心。

巴尔德尔：谁跟你说我为你担心呢？我是为自己担心……不是为你……

埃伦娜：那么你为什么不走？

巴尔德尔：嗯！嗯！我可能会走……但是前提是这姑娘是个处女。

埃伦娜：是么，我们现在这世道还有处女啊？这可爱的姑娘不是处女吧。

巴尔德尔（讽刺地）：我怀疑她不是处女。

埃伦娜：你会像猪一样死在垃圾堆里。就是这样。我不知道为什么要跟你浪费口舌。你道德沦丧。

巴尔德尔：对……我是道德沦丧，因为我说真话，思考真相，不是么？

埃伦娜：我才不在乎你那些恶心的真相。

巴尔德尔：对……是很恶心……但我现在才开始真正地生活……你知道么？刚刚才开始。直到今天，我才从悲伤和黑暗中走了出来。这悲伤和黑暗都是拜你所赐。你看……我对伊莲内说过我们之间的所有事情。我们的亲密关系……你的冷漠……你虚假的吻，我都跟她说过……

埃伦娜（努力克制狂怒）：那你还跟我说，怀疑她不是处女？是这样吗？

巴尔德尔：我头昏脑涨。我跟你说话就像跟石头说话一样。我需要跟人说话。如果你不想听我说，你就用床单盖住头好了。

埃伦娜：不需要。

巴尔德尔：都是因为你……也是因为我自己，我很难过。直到今天我才从这黑暗中活过来了。如果你问我黑暗是什么，我都不知道如何回答你。我会活下去……也许我会自杀。我不知道。只有上帝知道。

埃伦娜：呸！说的都是废话……

巴尔德尔：你说得对。这些都是废话。我一辈子就只说了些废话。当我还是你未婚夫的时候，我就跟你说了废话……我跟你谈星星时，你在想着卧室买什么家具。也许伊莲内在这点上很像你。伊莲内在我身边时，也不想卧室家具的问题。她在想着我离婚的事情。我是个男的……

埃伦娜：你还算个男人啊！行行好……你别让我笑掉大牙……

巴尔德尔：我是个男人。我可以把你扔到街上去……我能把她从家里带走。我还能犯罪。我能……

埃伦娜：你能闭嘴了吗？

巴尔德尔：我还能闭嘴……但我不会这么做。你，伊莲内，阿尔贝托都不能……

埃伦娜：谁是阿尔贝托？

巴尔德尔：阿尔贝托是伊莲内精神上的父亲，或是类似角色吧。他是已婚人士，但我怀疑他妻子给他戴了绿帽子……

埃伦娜：就是那个给你打电话问你在不在的不要脸的女人？

巴尔德尔：就是她。你对她的定义很准确。我认识她的时候也这么判断。

埃伦娜：所以你的……你女神的精神父亲是个戴绿帽的王八……

巴尔德尔：我怀疑他是。也许事情不是这样。我不知道。我跟你讲这些，是因为我感到孤独，像待在一片沙漠里。就是一句话而已，我之前说的是另外一句……我说的都只是一句句的话而已。

埃伦娜：你可不知道我听了有多讨厌你！哦！你永远也想象不到。

巴尔德尔：对，你讨厌我，我不会生气，甚至不会有情绪波动。伊莲内也知道你讨厌我。

埃伦娜：你血管流动的不是血液么……

巴尔德尔：我的血是不一样的血。也许……我不知道什么时候……也许有一天我会证明我的血……有一天我会站在一个让所有有血液的人后退的高位。机会还没来，所以我如此镇定地蔑视你。

埃伦娜：明天你就给我滚出这个家。如果你不走，我就把你的东西都扔到街上去。

巴尔德尔：我会走的……我当然会走的。这就是我想做的……离开这里……

埃伦娜：闭嘴……滚蛋……

巴尔德尔：我得说话。这是我们在一起度过的最后一晚。我不知道等待我的是天堂还是地狱。但我得去。我得把头塞进这深渊里去。我可以预见，我可能更可怜伊莲内……如果她撒谎了，我就拧断……

埃伦娜：那女人让你发了疯！

巴尔德尔：对。她让我发了疯，不知道她怎么做到的。难道是她那些吻？难道是她的灵魂？

埃伦娜：你还相信这母狗有灵魂？

巴尔德尔：我不知道，也不想去想。我看到她哭了。她是不是给我施了魔法？我搞不明白。将来会发生异乎寻常的事情。我不知道是否能承受。我只能跟你说，这是我第一次体会到爱的滋味。我爱她。啊！你要是能理解我多爱她！你想象不到，埃伦娜，我多么爱她！你想象不出。

埃伦娜（讽刺地）：她是你的女神……连我不都这么叫了么？一尊女神。怎么能不爱女神呢！你不爱她精神上的父亲么？他们没让你给他洗脚，给他倒痰盂么？

巴尔德尔：你把我想成这么低能是对的。不然你就会一枪把我毙了。你要是知道我多么爱她，你会杀了我。你的心跟石头一样，你没法想象……上帝会帮你的。

埃伦娜：上帝会帮我的，比你想象的多。

巴尔德尔：这真是不幸。没人能理解任何东西。

埃伦娜：那不理解的是什么？

巴尔德尔：我不知道。一条在我面前打开的道路。如果伊莲内负了我，我不仅要失去她，而且我会失去你。这不重要。有更要命的事情。我就会在这世上孑然一身。在十五亿女人中孤独终老。

埃伦娜：为什么？你的女神不陪着你么？

巴尔德尔：你别傻了。她也是血肉之躯。只有上帝才知道将发生的事……

埃伦娜：你真让我恶心。你说了那么多上帝，做的事情却是违背上帝的事情。

巴尔德尔：我不信上帝啊，你不知道么？比你还不信。还是说你住在我心里？这太好笑了！你从来没对我信仰的东西感兴趣，现在你倒是对我提到上帝很生气。要么我就说说魔鬼，这样你就满意了……

埃伦娜：你能让我满意的事，就是让我睡觉……

巴尔德尔：明天你就可以舒坦地睡觉了。我会搬去公寓。

埃伦娜：很好。晚安。

沉默。昏暗。巴尔德尔的内心独白像火团往外冒，一阵蓝色烟雾。他想到了伊莲内。他在脑海中跟她对话。

巴尔德尔：你看，伊莲内，冲突发生了。你看到，我多爱你了吗？

犹豫幽灵：你为什么跟埃伦娜说，万一伊莲内不是处女……

巴尔德尔：就是随便讲讲的话……

犹豫幽灵：巴尔德尔，巴尔德尔，你别跟你朋友撒谎。

巴尔德尔：我朋友……你是我的朋友？

犹豫幽灵：不……我不是你朋友……我可比朋友还厉害。我是你的意识……

巴尔德尔：我有时候很难过。我想跟你说实话。我感到羞愧……

犹豫幽灵：你羞愧……

巴尔德尔：对……我想成为另外一种人。

犹豫幽灵：另外一种人。你想说什么？

巴尔德尔：我觉得其他人不像我这样走偏。我说啊说啊……但实际上我是个白痴。为什么不确定思想呢？伊莲内已经欺骗了我？不……这不是我想说的。伊莲内已经和别人上过床了。我不想这么想。你看……跟你讲这个我真羞愧……

犹豫幽灵：我现在不是犹豫幽灵。我是你更为私密和珍贵的部分。你见到我都得下跪，巴尔德尔。我是你珍视的东西，像伊莲内对你那样重要。那你告诉我，你相信伊莲内吗？

巴尔德尔：是……

幽灵：好……你相信伊莲内，那你也得相信我……

巴尔德尔（惊恐地）：但有些事情上我无法相信伊莲内。

幽灵：你真是个孩子……

巴尔德尔（好奇地）：你告诉我……一个三十岁有个六岁的孩子的人，怎么还会是孩子？

幽灵：你是长了成人脸的孩子……

巴尔德尔：孩子们可不干这么下流的事情，我什么都做了。为什么我要对埃伦娜这样说话？为什么我要走上这条路？伊莲内……你发现伊莲内对我生命的意义了吗？她可能从来没理解我爱她。她是个正常邻家姑娘，我是个游魂，一个嵌入尘世身体的游魂，时常想死去，从这身体的牢狱中逃离。我没骗你，为什么我渴望纯洁却顽固地卷入乱七八糟的事务之中？我爱她。就算她曾委身于他人，我也会爱她。对。我接受这事儿的同时还拒斥这事儿。你发现了吗？我想像其他男人那样，不去看我看到的，不去感受我感受到的。我陷入沉思和煎熬。我为自己而煎熬，为埃伦娜，为伊莲内。我为所有因我而产生的不幸备受煎熬。但是，我还是朝向这种不幸的机制走去，就好像被催眠了一样。

幽灵：你害怕吗？

巴尔德尔：对……有时候我很害怕。我不知道在这个世界上占据什么位置。你知道吗，我的幽灵？我不知道在世界上占据什么位置才好。有时候我相信我会发疯。我的恐惧是一种冷漠的恐惧，你知道吗？让我想一想……一种灵魂的恐惧，害怕所有人离我而去。我不害怕别人杀了我。不。阿尔贝托就给我一种能从背后杀了我的感觉……这点我不害怕。我不害怕身体的死亡。不。我害怕的是孤立无援，是周围人对我的不信任，这更残忍。我想相信他们，但我不能。我想相信伊莲内，但我无法做到。这些犹豫的时刻痛苦地折磨着我。如果我孑身一人，又能向何处去？

幽灵：那么伊莲内……

巴尔德尔：我们别玩文字游戏了。你知道我是谁。所有这一切总有一天会了结的。可能是一年……两年……无所谓……有一天伊莲内也会抛弃我的。

幽灵：你明知道她会抛弃你，为什么还要跟她在一起？

巴尔德尔：对。你发现了吗？我认为她有一种无法解释的魅力。很多时候我都想，要不要杀了她，然后伏在她身上自杀。

幽灵：你什么时候有这种想法的？

巴尔德尔：不知道……悄悄产生的吧……我一点儿也不知道。我对你如此坦诚，就像死前忏悔那样。我一点儿也不知道。我是个迷失在自己荒原的人。要是上帝存在的话……假如上帝存在……假如这世间存在圣灵，我就会去跪在他前面，跟他讲述在我身上发生的所有事情。只有圣灵有权审判我、惩罚我。

幽灵：一个圣灵……

巴尔德尔：我有如此多的话要讲！无穷无尽。没人能听我说。你也不行，幽灵，你在我身边看上去那么渺小和卑微……你看，连你也不行，幽灵。

幽灵：谁会跟你说我不是这样微不足道呢？

巴尔德尔：我想到了我的工程学。我的工程学又有什么要紧？我的天赋有什么要紧？我的存在，我的潜能有什么要紧？我觉得世界上的人在绕着我转圈圈。所有人都看着我要下一步的行动：走向伊莲内。伊莲内也是这群看客的一部分，什么也不理解，她投入地看着我，内心在想：这男人为了这卑微的爱要问多少问题啊！对，幽灵，甚至伊莲内都会在人群中吃惊地看着我，什么也不理解。但我要走向她。我不知道会发生什么。我明确知道的是，对这姑娘巨大的爱堵在我胸口，她会毁掉我的生命，还会看着我，觉得我的感情不够，但是我会朝向她走去，就像不可避免地走向死亡……她是无法避免的。我不害怕她毁掉我。正相反。我还想让她待我像块抹布，拧搓一下。那时，我会高歌我的荣光。

幽灵：你真是爱她！

巴尔德尔：哦，对！我很爱她！最糟的事情是，她永远不会知晓这份伟大的爱情。能知晓这爱的人会从我身边走过，嘲讽地微笑，我以这爱情之名，犯下了许多罪恶的事情。

幽灵：你的命运就将完成。

巴尔德尔：什么时候完成？

幽灵：到那时我会来看你的，我们再聊。

巴尔德尔：现在我觉得你比我厉害了。告诉我，我得花力气斗争吗？

幽灵（以一种能猜出他微笑的声音）：哦！对，花力气……

巴尔德尔：没关系，我亲爱的幽灵。没关系！我看上去是软弱的人，对吗？但我很坚强。我内心有神秘的力量还没释放出来。为伊莲内受点儿苦又算什么？你要是认识她你就知道了！你就会知道她多漂亮。她真是好！我不在乎受苦。我已将自己的全部献给了她，但同时，你知道么，幽灵，我也想嘲笑她。我没有疯，但我想她将要知晓我伟大的爱，她会想要控制我，我还能说什么？她已经开始控制我了，我只能让她遂愿。你瞧，只要我想到她会对我专制，我就很想对她说：小姑娘，小姑娘，你在我身边真是虚弱！你在这世上存在，是因为我的允许。

幽灵：伙计……你要小心了……

巴尔德尔：我什么都能做……但我实现命运之时，我会拥有伊莲内吗？

幽灵：那时候，她可能都认不出你了。

巴尔德尔：会的……什么都有可能……你走吧……我累了……我不想说话了。

沉默。巴尔德尔是一具横躺的躯体，在黑暗中睁着眼睛，一动不动。

埃伦娜用床单蒙着脸，无声地哭泣。

主人公日记的摘录

阿尔贝托在制造这不幸的过程中起了重要的作用，尽管不是出自他的意愿。

我当初错看了他，把他当作工具。当我改变了对他的看法后，往后退已为时太晚。事实上，要是没发生其他的事，我本来绝不会抛弃伊莲内。

我写日记时，有时感到痛苦。这些名字，阿尔贝托、伊莲内、祖列玛让我晕眩，他们像夹钳一样，在深夜夹住我，他们是我自己生命的联结。命运给我血管里注入的友谊之血，目的是让我在煎熬中慢慢失血、慢慢消耗，像是一种癌症，有朝一日显现其全面的毒害。

阿尔贝托!

我对他评价不高,就这点来说,他自己得负主要责任。他就等着必要的时刻来展现最高级别的诚意,来限制我潜意识中对未来巨大的迷茫。

我已经和我妻子分开了。在深夜无人的时刻,我要是不在这个家里待着,还能去哪里呢?我躲在家里,把那当作绿洲一样。很快我就发现,绿洲只是覆盖在深深的沼泽地上的一层绿膜。这是笔直的地狱之路,铺着沥青,阴森森的,祖列玛和阿尔贝托这两个严肃的木偶在上面不慌不忙地走着。

他戴着眼镜,礼数周全,脸颊泛出一丝红色,声音像口哨又充满甜蜜,给我一种不详的感觉。

我看着他,有时会想:

这人离犯罪只有一步之遥。

还有一些时候,他心想:

这人可能是个皮条客。

祖列玛,没穿长袜,光脚穿着拖鞋,披着大袍子,嘴唇懒散,眼神变幻不定,一手拿着镜子,一手拔着眉毛,嘴里说道:

"你知道么?罗多尔夫一周换四套西服。"

罗多尔夫是哥伦布大剧院的一个舞蹈演员。祖列玛每说几句话,必定要提到他。

"罗多尔夫这么说,罗多尔夫这么想。"

阿尔贝托,礼数周全,透过冰冷的眼镜片无动于衷地看着她,脸上泛起了红晕。她在我面前提这个名字,我都觉得脸红,仿佛我是那个从未谋面的罗多尔夫的间接共谋。我对他感到无名的反感，甚至很讨厌。在这些情况下，我对机械师也没什么好感。但我爱伊莲内，我不能忍受她从好友那学到这些不忠的恶行。我还没想到，我与伊莲内的关系，和祖列玛与罗多尔夫是一模一样的。

祖列玛仿佛没有意识到她的谈话给我造成了不良影响，还接着讲他的罗多尔夫。

她讲他的脚很厉害时，几乎都要跳出来了：

"啊！……你们要是能看到罗多尔夫的脚！"

阿尔贝托，一直保持镇定，蹦出哨声一样的话：

"他是跳舞的啊，脚怎么能不厉害呢？"

祖列玛认为，罗多尔夫的衬衫最好看，他选的香水最得体，她甚至想让我梳罗多尔夫一样的头，她还劝她丈夫买几条特别扎眼的领带，"跟罗多尔夫的风格一样"。

阿尔贝托不同意，答道：

"但你得知道，这些领带和衬衫都是他这样的优雅的年轻人穿的……我是个工人，你没瞧见么？"

祖列玛摇了摇头，看他的眼神都变陌生了，眼珠一转，回道：

"好吧，我的老头……你一点儿也不优雅。"但很快她就意识到自己过分了，赶紧找补，"但是，罗多尔夫是一个让人讨厌的家伙。有人说他是个同性恋……但我不相信。你们觉得呢？"

祖列玛甚至热烈地劝说我们，一天晚上去这个舞蹈演员经常去的咖啡馆。我们去了，却没有运气遇上他。

我们一致认为，只有特别不道德的人或是暂时得了失心疯的人才能这么自然地接受我们之间的怪异行为。

祖列玛毫无疑问是个性感的女人，毫不犹豫，也不受任何道德原则的约束。她的行动受限于一种无法归类的痛苦的压力。一天晚上，她在一家甜品店里失声痛哭。服务员惊奇地看着我们，我们只得离开。阿尔贝托痛苦地摇摇头。

还有一次，我们与伊莲内和阿尔贝托一起在电影院的池座里，祖列玛不停地哭泣，哭了一个小时。她的痛苦从胸口和眼睛里沉默地爆发出来，眼泪大颗大颗地从苍白的脸颊滚落，她像是从痛苦的裂缝中找到了一种甜蜜的安慰，浸湿了一块又一块手帕。

阿尔贝托还是保持温和、镇定、神秘，而伊莲内将手放在女友的脖子后面，温柔地低语：

"可怜的祖列玛！可怜的祖列玛！"

我眼前只有虚空，或是出现这个问题：

阿尔贝托什么时候爆发？

我没意识到，机械师一直努力保持表面的平静，避免陷入灾难。

我却相反，当看到眼前的未来十分动荡不安，就对自己说：

"好好享受今日吧……我永远都不会知道任何真相。那为什么还要思考呢！日子就这么一天天过。"

假如伊莲内在某种意义上是我的敌人，那么祖列玛更加让我困惑。她的精神状态在两个极端之间高速变化。有时她问我：

"您怎么看我辜负了阿尔贝托？"

"辜负他吧。"

"什么！您是他的朋友，却建议我辜负他。"

"因为我对两件事情很确定：第一，您已经做了这事儿了；第二，他不是很在乎别人欺骗他，要不然，他不会允许您自己一个人在市中心过日子的。"

还有些时候，她跟我说：

"我很可怜阿尔贝托，巴尔德尔。我不应该欺骗他。他是这么好的人！如此可靠！相信我，有时候，我内心抑制不住这极端的诱惑，忍不住要给他戴绿帽子。"

我看着她眼睛深处：

"祖列玛，我们就说实话吧……您已经欺骗了阿尔贝托。"

"不，我向您发誓我没有。"

"祖列玛，这事儿板上钉钉了，别再发无用的誓了。"

"巴尔德尔，我以这世界上最爱的东西起誓，我没有欺骗他。"

我微笑了，她很生气，气了一刻钟。我能怎么想呢？

我不知道。有时候我真诚地认为，这通奸行为中，如果存在这回事的话，唯一有罪的是机械师。还有些时候，我想到，阿尔贝托可能是被骗了，我们都是伊莲内和祖列玛知晓的骗局中的受害者。我一个小时之前否定的想法，现在又接受了，精神状态在极度矛盾的状态里摇摆。

小姑娘让我很担心。她的解释不能让我满意。她的道德怎么就允许她和不道德的人走得那么近，而且还保持了这么长时间的友谊？这可怕的逻辑无法让这真诚的恋人自欺欺人，伊莲内和这场正在酝酿的神秘风暴并不是毫无关系。或者说，我是那里面唯——一个被骗的人？

我越想，就越弄不明白，在那一堆密集而轻盈的表象中的真相，这些表象从我指间穿过的时候，就像水的泡沫一样消失了。

伊莲内与祖列玛是一样的人吗？阿尔贝托允许她们欺骗他？我们都真诚以待了？还是说我落入了这个虚伪者指挥部铺设的网络中了？

那个时期，夜晚我在黑暗中不断思考，连续好几个小时，编织和拆解各种假设。唯——一个能给解开这谜的人是伊莲内，她断然拒绝告诉我真相。"我什么也不知道，什么都不知道。"

我想寻找一条不同的道路，我曾将我的怀疑暗示给机械师：

"您的妻子欺骗了您。"但只要我跟阿尔贝托袒露心扉，请他也对祖列玛和伊莲内的道德发表意见，他就巧妙地打哈哈，避开话题。我只能躲进自己的内心：

"我进入了这条黑暗之路。以前，这条道路是一句话，现在是个现实。埃伦娜可能说对了。但没关系。我会继续玩这游戏，等我累了，就放弃。为什么要担心呢？他们只是要求我的行为举止符合社会规范，他们自己却在不断违背。最合适的办法就是利用他们。等到他们对我没用时，我就抛弃他们。"

迷 恋

没有重新刷过的砖墙有些涂过石灰的角落。堆在角落里的幕布。三条绳索围起来的拳击场。红色的长椅。暗处的脑袋，叼着烟的歪嘴。烟云慢慢升起帘幔，触及拳击场沾满血迹的帆布上的九千个亮闪闪的蜡烛。

巴尔德尔在摔跤台旁第三排的人群中间。他给领座员小费的时候，想道：

她肯定看见我了……不可能没看见我。

助理们（白裤子，白衬衫）将锌桶放在了拳击场的角落。松节油和石碳酸的味道弥漫在空中。

一位穿着灰色西服的男人，领子上别着一只康乃馨，上了赛台。

“她母亲肯定看见我了，我……”

领口别着康乃馨的男人将话筒放在唇边：

“中量级。”

“……拉普拉塔……”

“……我是说……”

两个半裸着的拳击手，上颌含着蓝色的假牙，光头，手臂很瘦弱，戴着黑色的手套，彼此微笑着打了招呼，整了整衣服，这磨损的长袍只能勉强盖住膝盖。教练像父亲般在他们耳边说了几句，他们点了点头同意。

"她母亲怎么可能没看见我？"

一个声音从人群后面大喊：

"助理去外面待着。"锣响了。一个手套从一张脸上移开，脸上露出玫瑰色。巴尔德尔不耐烦地在他椅子上动来动去。

"我从车厢里出来的时候，她母亲肯定看见我了。"

"布雷克……"

有人在巴尔德尔后面说话：

"打心口，阿尔图罗……打心口……对，阿尔图罗。"

巴尔德尔不耐烦地跳了起来，跟其他的观众接踵摩肩。在拳击场上，一位选手给对方肚子上来了猛烈的一击。

巨大的声音从各个角度传来：

"现在，拉普拉塔！现在正好！"

巴尔德尔跌坐在他的椅子上，被不断袭来的感情制服了："她母亲一定看见我了……但是我为什么没早点儿走呢？为什么我没离开？只需要提前一分钟。"

在巴尔德尔后面的那个观众继续说：

"上勾拳，阿尔图罗，上勾拳。"

锣又响了。拳击手互相分开。

助理靠在角落里，给他们按摩腿。挥着手里的毛巾。拳击手大口呼吸空气。

之前那个尖锐的声音说：

"助理去外面等。"

锣又响了。

瘦弱的手臂戴着黑手套。蓝色的假牙。巴尔德尔转了下脑袋。白色墙壁的角落里有血迹，大脑袋上入神的眼神，叼着烟的歪嘴。一个拳击手微笑了。另外一个吐出了血。胸口的撞击声听来像胶锤子击打的声音。一道黑色的光穿过空气，一个脑袋避过一厘米，这一击打空了……

巴尔德尔心想：

为什么我没提前一分钟走？只是一分钟，仅仅是一分钟，本可以避免这一切。

"上勾拳，阿尔图罗……你别着急……"

有人跪在了地上。穿绿色裤子的拳击手的拳头从穿黑色裤子的拳击手的下巴上抽回。一张扁平的青紫色的脸在空中摇摆。

"我要是早一分钟离开，就什么都不会发生了。伊莲内现在怎么样了呢？"

选手拥抱，一张脸贴着另外一张，青紫色的脸满足地笑了。一只胳膊勾住了对方的腰。黑色手套锤击着他的腰。

"哎！哎！不守规矩！这是禁打的部位！哎！"裁判责备绿色裤子的拳击手。

锣响了。

"我要是早一分钟离开就好了！我怎么这么傻？现在伊莲内可怜了。这眼睛怎么变得那么紫了！"

毛巾擦着拳击手的脸和胸。一只手将冰水放在绿裤子选手肿起来的眼睛上。他的胸口鼓了起来，气从鼻子里出来，吹出了口哨声，嘴唇紧密，躲在角落的小凳子上。

巴尔德尔转过头。

嚼着口香糖的下巴。帽子竖在头上。拳击看台的第一排是这座城市的名人。画家、作家、运动员、政客、记者……在血迹斑斑的拳击场帆布上九千个闪光的蜡烛下，烟雾在摇晃着它缓慢的幕帘。

"助理请到外面。"

锣响了。

四支交叉的胳膊互相捶打着脸部。巴尔德尔本能地往后退。他看到一拳马上就要落在绿裤子选手身上了。他却似舞者轻轻低头，让自己跌落在绳索上。嚼口香糖的人踮着脚尖走，拉普拉塔在等待，在空中挥舞拳头佯攻。

私下的祷告声还在继续：

"你换个地方防卫，阿尔图罗。保护胃，那里容易受攻击……"

巴尔德尔没理解，这两个选手中谁是阿尔图罗。"要是我早离开一分钟，就不会发生这个了。现在我再也不能见到她了。"

"布雷克。"

人群的声音在咆哮：

"追着他打！拉普拉塔，你赢定了。哦！哎！……（是痛苦的叫声）拉普拉塔！阿尔图罗。保持距离，阿尔图罗！拉普拉塔！拉普拉塔！"

人群站立了起来。

眼睛肿得发紫的人膝盖着地跪在拳击场上。裁判抬高手臂，伸出一个手指，高声报数来威胁他：

"五……六……七（人群大声喊出既高兴又痛苦的声音）

八……九……"

跪着的人再次站了起来，用手肘顶着胃，用红黑色的手套挡住脸。

"她母亲看见我了。不可能没看到我。肯定看见我了！"

空气中满是松节油和石碳酸的气味。毛巾在各个角落飞舞。腿在手掌间不断摩擦。

阿尔图罗的眼睛完全闭上了。

巴尔德尔看了看他。他脸是青白色的，满足地笑了，身体左右摇晃，只有一只眼睛睁开了。对方像是一颗紫色的硬坚果。嘴角裂开，往外冒着鲜血。

从一个看不见的角落冒出一个细小的声音：

"助理请到外面。"

锣响了。

"保持距离打，阿尔图罗。"

"拉普拉塔！……"

这独自看比赛的观众，依然在巴尔德尔后面。

"就是这样，阿尔图罗……保持距离……"

"她怎么可能没见过我！她会跟我的小可怜说什么呢？我回来的时候，她就只离我五步远！"两个拳头在下巴处对打发出干巴巴的声响。

"对了，拉普拉塔！对了，阿尔图罗！"

两人用手臂捣对方的脸，将身体压在弯曲的腿上。一、二。一、二。一、二。

"布雷克，布雷克。"

拳击手的脸变得像红蛋糕。紫色硬坚果的侧脸慢慢肿了。肿胀的手臂像黄钢连接杆。

"她母亲看见我了。肯定看见我了。我也是，为什么要多留一会儿？"

"保持距离，阿尔图罗。打吧。别着急。"

"这一分钟真是要了命。没办法将它删除，就像没法让太阳从世界上消失一样。一分钟……仅仅一分钟而已。"

锣响了。

"这看来无法避免。如果她妈不让她再来市中心了，我怎么办？让阿尔贝托去跟她说说？阿尔贝托会帮忙吗？或者祖列玛？对，祖列玛那么好！祖列玛怎么会不愿意呢！祖列玛是好人。我为什么将她想得那么坏？对，她是好人，祖列玛。我对她不大公正。她难道就没有爱的权利吗？这个阿尔贝托是个白痴。祖列玛要是拒绝我怎么办？这母狗有可能这么干。阿尔贝托是高尚的。他要看我痛苦，会帮我的。她母亲看见我了吗？我真愚蠢！她怎么可能没看见我？"

锣响了。

"哦！……啊！在……哦！……哎！……阿尔图罗！阿尔图罗！"

巴尔德尔仿佛触了电一样，猛地站起身。紫色眼皮的男人对另外一个人发起猛烈锤击，把他当成了破蛋糕。黑裤子的选手在绳索那弯了腰。只睁着一只眼的人用黑手套不断捶打，一、二、五、十次，对方的脸比牛排还要烂。哦！……啊！……啊！……啊！……阿尔图罗！……哦！……哎！人群既痛苦又享受地大喊，隔着一种梦幻的距离。独眼巨人继续捶打，仿佛对方是个铁砧，在猩红色的蛋糕上，对方的脑袋在每一下击打后，都从脊椎那随着锤击的节奏，从左到右，从右到左地晃动。

拉普拉塔脸朝下倒在了帆布上。

绿裤子选手像屠夫一样，浑身是血，站在倒下的选手旁两步远的地方。他的独眼珠子像炭一样烧着。裁判举起手臂，伸出威胁的手指，大声喊出数字：

"五……六……"

倒下的人想要跪起身来。

"七……八……"

他还是倒下了，贴在帆布上的歪斜的脸，在上下红色裂缝中露出眼白。

"九……十……"

独眼人，从头到脚都沾满了血，在赛场里蹦蹦跳跳。整个晚上，场地里充满了掌声、口哨、跺脚声。那个自言自语的人跳上了竞技场，拥抱着绿裤子选手，在他两个脸颊上亲了两下。助理们把倒下的队员扛了下来。

巴尔德尔站起身，被出门的人群推搡着往外走，心想：

这场比赛可真精彩……但毫无疑问……她母亲看见我了……用数学来计算概率，她绝对不可能没看到我……哦！如果阿尔贝托不帮我。但也许他会帮呢，那他会怎么帮呢？

机械师缺少的最后一个棋子

巴尔德尔对自己的悲伤之路很明了。

他从大玻璃窗的咖啡店旁的一个黑色大门,沿着黑乎乎的走廊走了十步,停在了一个长方形铁丝网前,这铁丝网也涂成了黑色,他按了门铃。在绳索的吱嘎声中,电梯降了下来,巴尔德尔上了电梯,电梯上升时发出危险的吱嘎声,他出了电梯门,走了两步,按响了磨砂玻璃门上的门铃。有时候他们会过好一阵才开门,有时候一个小姑娘探出头来,苍白的脸上,乱糟糟的头发贴着脸颊。巴尔德尔问:"阿尔贝托在吗?"姑娘说"请进",他进了门。

他穿过放着藤条椅的客厅,穿过装着金属屏风的长长的过道,在蓝色门帘后面有道门,巴尔德尔用指节敲着门上的玻璃。祖列玛或是阿尔贝托的声音回答:

"进来吧,巴尔德尔。"

巴尔德尔打了个招呼,对机械师微微一笑。阿尔贝托刚吃完午饭。一个人,用手指将桌上的面包屑搓成小圆球。机械师抬起头,跟他握了手,肿胀的眼皮下的眼睛深处闪出亲切的光。巴尔德尔没去坐椅子,而是坐在了床边。

"祖列玛看见伊莲内了吗?"

"没……她大概今天去见她。"

巴尔德尔的笑容突然消失了。他对机械师显出了敌意，就因为他刚给他带来了这么点儿痛苦，他脸上的线条都变硬了。

阿尔贝托透过架在鼻子上的眼镜，好奇又嘲讽地看着他。巴尔德尔想要掩饰自己的悲伤，花很大的力气挤出一个微笑。但这是徒劳……他的微笑机制已经瘫痪了，唇边只能露出虚假的颤抖的表情。他的脸突然就变得羞怯和悲伤了，像一条饿肚皮的狗看着主人。要是阿尔贝托跟他说："要我帮这个忙可以，但你要帮我偷东西。"埃斯塔尼斯劳都会高兴地跳起舞，陪机械师去干任何事。但他没有跟他提要求。什么要求都没有。相反，他说：

"你得高兴起来。"

巴尔德尔摇了摇头，心想：没用了，我得讨好下这冷峻又甜蜜的男人。他能眼睁睁看着我死，也不给我递杯水。

阿尔贝托继续在红酒瓶和蓝色压力水壶之间，揉着他的小面包球。他额头有根垂直的皱纹。巴尔德尔叹了口气：

"我有四天都没见到她了。四天了。我都吃不下饭。"

机械师抬了下眼皮，很快就闭上了。也许他懂了，他眼镜后的眼神带着嘲讽，像是知道一个让人满意的秘密。

巴尔德尔陷入了巨大的悲伤，这悲伤将他打倒在别人的床上，床上有蓝色的床罩和洋红的枕头。他眼睛先是盯着全是面包屑的桌布，然后盯着红酒瓶和蓝色压力水壶。在这三门衣柜的右边，那是他曾将伊莲内按住不停亲吻的地方。他靠着的那面柜门上，伊莲内曾将脑袋靠在他怀里，把嘴凑到他嘴边，让他产生了强烈的爱抚欲望，这些爱抚不断重复，直到很想占有她，他才突然感到羞愧。巴尔德尔忍不住这种反复撕咬着他神经的痛苦：泪珠从他脸上滚落，将他三天没刮的胡子沾湿了。机械师看着他笑了，巴尔德尔湿湿的脸也努力挤出笑容。巴尔德尔就转身趴在蓝色床罩上，释放自己的痛苦，将嘴贴在床单上，抽搐地号啕大哭起来。

他仿佛孤身一人在这世界上，他感到自己比一个小姑娘还虚弱，独自面对日日夜夜的空虚。一种离开妻子的内疚与他没法拥有又需要伊莲内安慰的渴望交织在一起。他想要成为野兽，却不过是个情感外露的不幸的家伙。他在机械师面前都能哭出来。阿尔贝托比他强在哪里呢？

突然，有人拍了拍他的肩膀。阿尔贝托坐在他身边对他说：

"巴尔德尔……冷静……一切都会好的……你要有信心……我跟您承诺，一切都会好的。"

一道快乐的光线切开巴尔德尔的身体。他一跃而起坐在床上，破涕为笑。他已经陷入了一种无法自洽的非理性。他甚至会放弃伊莲内，杀死妻子，在街头乞讨。他感到无限幸福。他需要有人知道。他告诉机械师，甚至把机械师看作了伊莲内，因为伊莲内给他带来的幸福，与机械师如此紧密地纠缠在一起，对他来说阿尔贝托竟然成了伊莲内的替代。只不过是一个鼻子上架着眼镜的伊莲内。

"哦！要是她知道我多么爱她。我不知道她对我做了什么。要么是她给我施了巫术。我什么也不知道，阿尔贝托。我能跟你说的就是我已发疯了。对，我已经疯了。我早有预感。我早知道这一切都会发生。"

他抓住阿尔贝托的手臂，突然停住，又放了手，在房间里走来走去，从他肺的最深处叹出气来。

"我早就知道会发生这些，您看，我还是勇敢的……我就是来赴痛苦之约。您看到了吗？我这个已婚人士，还能经历这样的爱情。您跟我说是不是奇迹？有时候我觉得一道光线进入了我的生命，穿过了我的肉体……我得小心翼翼地前进，不能毁了自己。我觉得，只要做个虚假的动作，我就会粉身碎骨。您给我讲讲呢，阿尔贝托……您对这一切怎么看？请说话呀。"

机械师又坐到了桌边，眼神带着讥讽，在巴尔德尔的脸上探寻着什么。他眼镜的玻璃让他探寻的眼神更加冷峻，话语像口哨一样从他薄薄的嘴唇间滑出：

"您想让我跟您说什么？巴尔德尔。您恋爱了……爱得非常深。这点毫无疑问。"

巴尔德尔有一种被锤击的感觉。为什么这个男人看着他受苦，却可以如此冷漠镇定地跟自己说话？男人间的对话就是这样？"阿尔贝托没什么心肝，只有个脑子"，他想起祖列玛说的话。突然他对机械师感到厌恶，因为他见证了自己的弱点。他忍不住讽刺地大喊：

"啊！……你们都是理性的人。"

机械师还在揉搓面包屑，再次低下了头。突然他笑了，从口袋里掏出一封信。他看了看巴尔德尔说：

"拿着……伊莲内给你写的。"

"哦！哦！……"

"我亲爱的……（快速阅读）……你和阿尔贝托见面时，你

对他说，希望我继续给你写信，还说你爱我。不需要你来要求
我给你写信，我会不停地写……为什么你没和你不爱的女人分
开呢？她也没离开你……为什么你们俩签了那个合同？……有
时候我觉得我写信的对象，巴尔德尔，跟我认识和我爱的巴尔
德尔不一样。你有双重人格……一个是跟我在一起的时候表现
出来的，你很好……很单纯……很亲热；另外一个是你离我很
远的时候表现出来的，那时，你就变成了……"

巴尔德尔飞快地读着信。他猜测：对，她说得对，我是个
伪君子。我想你了。你想念我吧，这看来是真的，她想念我就
像在想念她。我很努力地学钢琴。对，你都快成音乐家了。
要有希望，一切都会好的。哦！必须得这样……不然我不知道
会发生什么。

巴尔德尔的情感随着时间的流逝而停滞了。薄板衣柜上发
生的事情，在角落不断拥吻伊莲内的场景又勾起了神经。伊莲
内所说的双重人格又发挥作用了。他对自己说：

"最重要的是不要失去她。其他的事情，再说吧……"

门突然开了，在乳白色的光线中，祖列玛穿着黑绸缎大衣，
浑身闪着银光，走了进来，身材矮小，鬈发贴着她黑色宽帽檐
下的脸颊。阿尔贝托抬起头，她微笑着捯着短腿往前走。她涂
着口红的嘴唇，不断眨眼，装出惊奇又无辜的样子，她的脸颊
发红，这些都给人一种印象，仿佛她刚从热呵呵的被窝里穿衣
起床。她亲吻了丈夫，同时看着巴尔德尔，又看了看满是面包
屑的桌子，大呼小叫：

"哎！……哎！我花了多大力气才说服罗阿弋萨太太。"

巴尔德尔从蓝色的床上跳了起来。

"您去见太太了?"

"你在哪儿吃的饭,亲爱的?"

"呜,我气都喘不过来了……请等一下啊……你们这些人真是的!饭怎么样?啊!男人可真烦!得把您杀了,巴尔德尔,这样才好。你谈个恋爱把我们都逼疯了。你们看看他的脸。他都哭过了啊。真好……更好……更好。你们男人得哭一次。这样才能意识到,你们让我们这些可怜的女人们受了多大的罪……呜!太热了!等一会儿,我脱个帽子。"

她缓慢地脱下帽子,停在镜子前,摇摇头让刘海蓬松起来,用手指梳了下头发,一只手臂勾住机械师的脖子,喊道:

"你一个人吃饭……"然后给他脸颊印了个吻。她根本不能集中注意力在任何事物上超过一分钟,她转头朝向巴尔德尔:

"您可真费我的力,埃斯塔尼斯劳!真该杀了您。别这样看我……真该杀了您。您都还不清欠我的人情债。"

巴尔德尔开心了,感激地看着祖列玛。他知道她那么激动,一定带来了好消息。尽管祖列玛拖延这"惊喜",却用顽皮的微笑将他包裹在友善的光芒中。她忍不住大喊:

"但这真是够了……一个已婚男人……真是该杀。我不知道两人怎么爱得那么深。你给所有人都施了巫术吗,巴尔德尔?这是对您的称赞。"

机械师听她说话时面露微笑,就像身边美丽的女人不是自己的妻子,而是情人,巴尔德尔无法解释这种感觉,但现在他感觉自己在哥伦布剧院看戏一样。难道是因为祖列玛的香水、她黑色的眼睛、淫荡的嘴唇、红润的脸颊？他心中浮现一个问题：如果她欺骗了丈夫，能惩罚她吗？相比她光鲜的剧院生活，这肿眼皮的黑男人给她提供的生活算什么呢，他声音还像口哨那样难听。阿尔贝托也心知肚明，也许就因为这个，他从不抗议她的所作所为。他堆着蓄电器的修理铺子对她而言真是可怕，她那么喜欢舞台的灯光、掌声、大理石、天鹅绒。

祖列玛手肘支在桌上，拿起一小块面包和一块奶酪，咀嚼起来，露出了闪亮的牙齿，跟机械师讲话，权当巴尔德尔不在场：

"你知道么，罗阿弋萨太太知道巴尔德尔是有老婆的。"

"她知道？……怎么知道呢？"

"哦！这太太可麻利了。你看，她上次偶遇了他们（现在她才看向巴尔德尔），您看，上次她偶遇了您，当时您正在火车上跟伊莲内聊天，您从反方向出去了。"

"对，是这样的……"

"这姑娘拒绝承认您和她聊过天……但您居然鬼使神差地停在她们车厢的窗口外，而且还背对着她们。罗阿弋萨太太是这么推理的：如果这个人是个绅士，那当我靠近时，一定会留在原地……但他走了，还不想让我看到脸。我不得不怀疑他是已婚的。"

一个想法飞速穿过巴尔德尔的脑袋：

如果那位太太这么有推理能力，从发现一个人背对着她就能推断出他已婚，那么她的推断怎么没能让她发现，您是她女儿危险的朋友呢？

但他口是心非地回答：

"太太真聪明……"

"另外，"祖列玛接着说，"她跟我说，她去找人问了您的情况，有认识您的人跟她说您是已婚人士。"

巴尔德尔点头承认，他确实是已婚的。而且，"那些认识您的人"，这么殷勤地提供信息，除了他俩还能是谁。

祖列玛对机械师说：

"太太对伊莲内很生气。可怜的家伙！"

"伊莲内怎么说？"

"我还没跟她说过话呢。总之，巴尔德尔，您欠我个人情，您可还不清了……罗阿弋萨太太同意见您，跟您谈一谈。"

巴尔德尔假装很高兴：

"同意……"

"您想象不出来，我花了多少力气才说服她。她接受您去和她谈谈……她很可能允许您和伊莲内聊聊……经常去看看她……"

巴尔德尔意识里形成了一个黑色圈套。旋涡已经产生了。我会被旋涡吞掉吗？会还是不会？快，意识，这里有四只眼睛盯着你呢。会还是不会？

巴尔德尔抬起头，发现肿眼皮的机械师好奇又怜悯地盯着他看。现在祖列玛站到了镜子前，用镊子拔掉几根眉毛……但是她从镜子里看他。巴尔德尔明白他得说点决定性的话。他站了起来，伫立在蓝色床罩的床边，他那七十公斤重的身体依然保持跳跃的姿势。祖列玛突然回头说道：

"为什么没刮胡子，巴尔德尔？您这样不好看。啊！爱情！……爱情。您知道吗，巴尔德尔……你知道，切①，阿尔贝托，昨天晚上两个女舞蹈演员在后台为了罗多尔夫打起来了。连朵拉·德·格兰达②都为他疯狂了。你知道吗？"

巴尔德尔沉浸在自己的问题里。能思考什么呢？这事儿不是都解决了么。不管怎样，他都会去的。他慢慢说出自己的决定：

"祖列玛……阿尔贝托……你们都是好人。您现在去蒂格雷，对不对？好，那帮我个忙，您去见一下罗阿弋萨太太，跟她说，请她发发善心，明天下午 4 点钟接见我。"

祖列玛迅速插嘴道：

"明天我也会去，巴尔德尔，知道吗？……这样您的处境不会那么困难。"

"好，这样最好了，祖列玛。"

她微笑着走向他，握了握他的手。她喷满香水的身体不断往外散发香味。她大声说道：

"这样最好，巴尔德尔。得像个男子汉。一个男人应该为爱赴汤蹈火。"

机械师从衣帽架上取下大衣，将双手伸进袖子里，抓起毡帽戴在头上，祖列玛靠近他身边，给他系了个领结。

"你可真难看，我的小老头……真难看！"

---

① "切"是阿根廷特有的称呼，相当于"喂"，引起他人注意，表示亲近。
② 朵拉·德·格兰达（Dora de Grande）是阿根廷哥伦布大剧院第一批首席舞蹈演员。

巴尔德尔看了看，问道：

"您也会去见罗阿弋萨太太吧?"

"会的，巴尔德尔……怎么能不去呢……"

祖列玛快速看了下手表。

"阿尔贝托……3 点了……还要排练。我们出去吧。这都是什么乱七八糟的！你们这些男人总让女孩儿神魂颠倒。真该把你们都杀掉。"

巴尔德尔，跟在他们后面从走廊走出去，反复强调：

"阿尔贝托……请别忘了去见下太太。"

阿尔贝托回头笑了，从脸颊红到了颧骨：

"忘不了……您放心好了……您有话要我转告伊莲内吗?"

"有……跟她说我很爱她，我明天下午 4 点去她家。啊！请把这封信带给她，我昨晚写的。"

第四章

妖术的仪式

白色的污渍在打蜡的地板上颤动。巴尔德尔往后退了一步，大笑了起来。

在这色情的痉挛结束时，他居然看到了黑色钢琴上三幅中校的肖像画。伊莲内惊讶地看着他。巴尔德尔不由自主地想象这姑娘的父亲，穿着制服，在爱国节日中发表演讲。他像其他中校一样，谈及"阿根廷的神圣家庭"。紧跟这想法出现的是一个可笑的问题："罗阿弋萨太太进来看到他们站立的地方有这白色的污渍时，会说什么？"

伊莲内忧心忡忡地看着巴尔德尔，怀疑他脑子出了问题，埃斯塔尼斯劳依然哈哈大笑，她母亲在厨房应该能听到。小姑娘往后退，皱起眉头，问他：

"你怎么了，巴尔德尔？"

"我笑我们性方面的托词真是又粗鄙又不道德……对不起……我想到，要是你母亲现在进来，又会假装生气。"

伊莲内摇了摇头，陷入沉思。埃斯塔尼斯劳给她递了块手帕，她迟疑了下，接过来擦干手。巴尔德尔低下头，拿一个红色的抱枕盖住这污渍。小姑娘蜷缩在沙发上。埃斯塔尼斯劳斜躺着，将头枕在她怀里。伊莲内仔细看了看他，又陷入沉思，用手捧起他的脸，将头低下，问道：

"你为什么要这样，亲爱的？你没发现你伤害了我吗?"

巴尔德尔感到内疚，脸红了，觉得不该这样侮辱这姑娘。他觉得要解释下，坐起身来，诚恳的语气令人感动：

"我求你要对你自己诚实。你觉得我们如此相爱，还得要花招去照顾你妈的愚蠢和任性的想法，这么做道德吗？她不可能不知道在这客厅发生的事情。要是我们在家外面见面，你献身于我，不是更体面吗？很多女人就这样自然地献身给爱人。"

"要有耐心，亲爱的。我想要献身于你。我多渴望啊。相信我。那将是我一生最美的一天。"

伊莲内正说着话，巴尔德尔打量着她的蓝裙子、红色毛衣、苍白的脸庞，她时不时紧张地从火烧般脸颊上撩开一个发卷。他想：

这是那个我前不久在街上才能见到的姑娘吗？跟现在让我出现在她家里的姑娘是同一个？生活中总有奇事发生！

"小丫头，我相信你。但请接受，这种耐心是充斥着不道德的。我想变得强壮，也常责备自己的软弱。在你身边，我总是克制不让自己冲动。但我在我心爱的女人身边一待就是好几个小时，怎么才能克制这欲望呢？你别生气，小丫头……相信我，我们做的事情真是不道德。我们没法真正拥有对方。"

伊莲内仔细地听他说。

她在沉默中听着他的话，眉头出现了三条皱纹，眉毛弯了起来。她一动不动的眼珠亮了，理解了男人的话都是真的。巴尔德尔抚摸着她火烧般的脸颊，黑色的头发贴着前额和太阳穴，他接着说：

"你知道，我希望我们之间的事是纯洁干净的。这些花招会玷污我们的爱情。"

伊莲内抚摸着他的前额：

"我亲爱的……"

"我想向你我道歉，这城市 95％的男女朋友会做的事情咱们却不能做。母亲在家里的另外一个房间，明知道发生的事情，却装作一无所知……他们……或我们这里……我们躲避在道歉与虚伪里……"

"你生我气了吗，亲爱的?"

"没有，小姑娘。我怎么会跟你生气呢？你只不过是整个机器中的轮子……你还能做什么呢？哦！所有这些……我们之前是自由的……能随意出门闲逛……我们在任何地方约会。现在以道德之名……因为这城市的道德就是你母亲的道德，我们就无法出门约会……但是我们在客厅却被准许做任何事。"

"要有耐心，亲爱的……"

"好……我有耐心……我为了你会有耐心的。我很爱你，丫头。"

一个微笑让姑娘苍白的脸泛红了：

"你真的爱我吗?"

"我很爱你……很爱……"

"你躺在我怀里吧！我喜欢抱着你！"

巴尔德尔又把头靠在她身上。伊莲内双手捧起他的脸颊，低头朝向他，紧紧拥抱他，慢慢给他嘴唇一个吻。

巴尔德尔的疑虑消失了。他心里涌现出对姑娘无限的感激，她简简单单地就用她的生命力给了他庇护的铠甲。突然，他的灵魂像被一把棉花匕首穿过，一阵刺痛，巴尔德尔闭上了眼睛。他在沉默中惊恐地想起很久以前就生出来的怀疑：

我不是伊莲内的真爱……我是她满足自己欲望的工具。不然，她从哪儿学的这些让男人产生快感的技巧呢？她一点儿都没有惊讶，仿佛对男女之事什么都懂。如果她什么都懂，又是谁教的她呢？

一阵冷战让巴尔德尔的身体抖动了起来……

"你怎么了，亲爱的?"

"我不知道……我很难过……"

她跟他贴得更紧了。埃斯塔尼斯劳进入了阴暗盲目的温柔乡。那里有一个笃定的向导总是在引导他，用温柔的酥胸保护他……他一动也不动……任凭摆布。温热的呼吸靠近他的耳边，伊莲内问：

"亲爱的，这样你舒服点儿了吗?"

巴尔德尔点了点头。

伊莲内温热的手抚摸着他的脸颊、耳垂、太阳穴。巴尔德尔在这快感中快窒息了，仿佛每个细胞都享受到了特殊的触抚和蓄意的馈赠。无限感动涌上心头。他费力地转过头，微微抬起眼皮。

他看到两只大眼睛虔诚地盯着他，微黄色的额头上面有细小的毛孔，还有扁平的下巴。那张脸散发出炙热的温度，巴尔德尔缓缓抬起手，用指肚抚摸着她的脸颊。

"我的妈妈……亲爱的妈妈。你真好！"

"我的孩子……"伊莲内突然说话了。她缓缓地讲话，若有所思，仿佛她眼前有一片悲凉的荒原，一位跌落其中的男士需要无尽的安慰：

"你要是知道，孩子，我多喜欢这么抱着你！我觉得你是个大孩子，我也不知道怎么说才好……你瞧，我心里充满了温柔，我都把你当作儿子、父亲、丈夫、兄弟……你是我生活的一切。"

巴尔德尔坐了起来：

"亲爱的……你接着说，我在听呢。"

"对的，巴尔德尔。我不知道，如果失去了你我会变成什么样……可能我无法继续存活。我会自杀或是发疯。我越来越爱你了。我除了想你，什么也做不了……钢琴……音乐……这些我都不在乎了！我唯一想要的就是你……我想逃离这里……远离'那个'女人……独自占有你……把一生献给你。"

"亲爱的……"

"我从来没想过我能爱得这么深。瓦尔特……瓦尔特是我生命中的影子。那是我小时候的事了，就跟他在他家门口聊聊天而已。然后他就要求进我家……后来他就没再来……这就是这件事的全部，巴尔德尔。我不爱他……我以为自己恋爱了。我那时不懂什么是爱。"

巴尔德尔突然想道：

那么，她是跟他学的这些调情的技巧？

"你却改变了我的生活……只有妈妈能看到我多么爱你。所以她允许你进家里来。对，妈妈知道的。我不知道你做了什么让我如此爱你。你内心高尚、善良。但你还跟那女人生活在一起，真是可怕，这点让你减分了……你成了不可信任的人……你还爱想象不存在的事情。"

巴尔德尔，听到她居然猜出了自己的心思，大吃一惊，回答道：

"对……你说得对……原谅我吧……"

"我没什么要原谅你的，亲爱的。我对你唯一的请求是，你永远不要把我往坏里想。我是好人，我非常爱你。你不知道我有多善良。"

伊莲内说得很笃定，巴尔德尔突然对她产生了同情和尊敬，他心想：

她声音里有一种忧伤的怜悯，像是失去孩子的母亲发出来的。

伊莲内紧张地从脸上拨走一撮头发：

"有时候你责备我说话太少。不是我不想多说，亲爱的。问题是我在家里已经习惯沉默寡言了。维克托喜欢胡言乱语，西蒙娜也是瞎说八道。我还能怎么做呢？我慢慢习惯了沉默。跟我最合得来的古斯塔沃，却不在家住……以前我跟他还能聊天和出去玩……后来，我就总一个人……"

巴尔德尔对她远方的兄弟产生了极大的好感，这种感觉像沸水在翻腾。他想到他在很远的地方，在寒冷的油田中的小木屋里。远处海水击打着岩石发出呼啸的声音，西边大风在紫色的山脉中咆哮。现在这时候，这位兄弟可能在想：

妈妈和伊莲内在做什么呢？

伊莲内的每句话都引起巴尔德尔心里痛苦的同情。他感到内疚，之前把她想成那么不堪，对她不公平，于是补偿道：

"亲爱的，对不起。我很爱你，相信我。如果我不爱你，我不会在这里的。"

"嗯，巴尔德尔。你瞧，你说话的时候，我就保持沉默，不是因为不想回答你，而是因为我很喜欢听你说话。你所有的所说所想，无论公正与否。你伤了我好几次心，我已经原谅你了。你内心很善良，亲爱的……很善良！"

巴尔德尔感动得哽咽了。这姑娘散发出一种超凡脱俗的宽宏大量。她的话驱散了他的疑虑，这些疑虑像翅膀麻木的黑色小鸟恢复了活力，从他内心飞走了。

跟这个单纯的小姑娘在一起真是极度幸福。她的身体靠在他身上，亲吻着他的手。

"小丫头？你在干吗？我的姑娘？"

伊莲内微笑地看着他，湿润的眼睛充满了温柔。巴尔德尔突然看到一本乐谱：

"你给我弹一首《火之舞》吧。"

她立即站起身走到钢琴前，坐了下来，翻好乐谱，埃斯塔尼斯劳紧跟上来。现在是他将嘴唇贴在了她手上：

"亲爱的！小丫头，我永远不会抛弃你的，永远不会，无论发生什么事。"

伊莲内侧过身子，甜甜一笑表示感谢，很快伸出手臂，手指托起他的下巴，示意他坐在沙发上，巴尔德尔坐了下来，她开始弹奏。

一阵沉默之后，小姑娘微微弓背，低头向键盘。她的手肘离开了身体，顷刻之间，埃斯塔尼斯劳感到一阵火雨滴落在他的神经上。星号刻在她内心无形的五线谱上，仿佛随时都准备好来承接这曲子热烈的结构。

他轻轻闭上眼睛。他感到脸部逐渐干瘪，像是火堆旁的柠檬。

突然，他崩溃了，倒在蓝色鳞片的沙漠里。炭红色的小山丘用黑暗的沥青和黄色的刺菜将死寂的远方包裹起来。灿烂的星星在这循环往复的天空上钻孔，天空比硫化铜的玻璃还要蓝。在一个被遗忘的角落，一位女巫击打着青铜罐，一些吉卜赛人，脸色灰黄，披着绿毯子，走向一座淡紫色的山丘。在一道墙的深处，意外打开了一扇窗，巴尔德尔看到一个蓬头垢面的老太太探出头来。埃斯塔尼斯劳"知道"，这愤怒的老太太会诅咒和哭泣，因为他儿子在拂晓将被施以绞刑——被一根铁链子绞死。

他沉醉在音乐唤起的幸福之中，进入了梦幻。他谨慎地踮起脚尖起舞。他看到一位女人用双手捂住了脸，像是伊莲内。

他回到了现实中。这姑娘的手指精细有力地在象牙线条上滑动。她的脚踩放着踏板。

巴尔德尔惊叹于她技术的娴熟，她的头发梳得很服帖，长发在脖子的苍白三角处分开，落在胸口，他想起她的每个吻都为他灵魂注入了善意，他让自己陷入音乐的浪潮之中。

在钢琴演奏中，他听到了上升热烈的音符，如摩尔式长笛独奏，还听到让人惊呆了的快节奏旋律，在一个高音中奠定了激情，这快感以烈火的锤击收尾。巴尔德尔禁不住想：这双手可真有力气。

渐强音的爆裂停在了一个轻声上，像朱红色的鸟啄着薄玻璃。现在，缩在旋律中的哀叹让位于柔情的恳求，突然在沥青和黄色涂抹的远处，红色的狂热加剧了三倍，客厅仿佛充满了女巫用双手捶打铜罐的声音，当伊莲内回过头来，她燃烧的脸颊和闪闪发光的眼神仿佛在问：

"我弹得怎么样？"

巴尔德尔心想：不能使劲儿夸一个初学者。他压制住自己的兴奋，有失偏颇地评论道：

"很好，小丫头，我听过布雷洛夫斯基①弹奏这曲子的唱片，他弹的感觉是同一个音的变化……"

"是的，你说的是将音联结起来。我还缺乏这种技巧。我得接着学习。祖列玛曾认识一位老师……看上去不错……我忘了件事，亲爱的，妈妈跟我说过……"

---

① 亚历山大·布雷洛夫斯基（Alexander Brailowsky）是一位出生于俄罗斯的法国钢琴家，专门研究肖邦的作品。

巴尔德尔突然有了个想法。他站在伊莲内面前，看着她的眼睛，慢慢抬起一个胳膊，将手搭在姑娘的肩膀上。

"你听我说，小丫头……不论你跟不跟我在一起，你都得接着弹琴，你知道吗？你得永远弹下去。你得成功，得享受成功的快乐，知道吗？"

"好的，亲爱的……"

"你要是尝过掌声的滋味，就不会放弃了……但还是得练习，明白吗？好好练。谁也不能从你手里夺走……"

"巴尔德尔……巴尔德尔……你真好……"

"啊！你刚才要跟我说什么，你妈妈……"

"你知道吗……我现在才告诉你，是想给你个惊喜。妈妈跟我说，她请你留下来吃晚饭。"

"荣幸至极。"

"阿尔贝托也会来……"

巴尔德尔又高兴了起来。

生活总是在他们眼前微笑。他亲切地看着中校的画像。"你怎么就死了呢？你活着多好？不然晚饭时就能见到你，和你聊聊军事工程学。"伊莲内再次靠近他，坐在沙发的一角，巴尔德尔将头靠在她怀里，闭上眼睛，觉得再次进入了昏暗盲目的温柔乡，那里有一个向导将他贴在她胸口。他抬起头，看了看她说：

"你没法想象我有多爱你，丫头……"

伊莲内笑了，恣意任性。巴尔德尔无欲无求了。姑娘的怀抱成了他涅槃的地方。

"你要再来点汤吗，巴尔德尔？"

"好的，太太，这汤太美味了。"

铺着白桌布的桌上放着一锅热气腾腾的汤，罗阿弋萨太太戴着紫色的头巾，脸色微微发红，白发头帘往后梳得很服帖，她将汤勺放进了汤盆里。巴尔德尔把盘子递给了身边的伊莲内，伊莲内抓着他的手臂，给他递过来一个装着黄油的盘子。

"你不想再加点儿黄油吗，亲爱的？"

"不，亲爱的……不用了，谢谢。"

五张脸认真地围坐在桌前看着饭菜，罗阿弋萨太太穿着紫色，西蒙娜粉红色，维克托蓝色，阿尔贝托灰色，伊莲内红色，围着这白色的桌布坐，桌上放着热气腾腾的汤，冒出浓郁的香气，对巴尔德尔来说，简直是人类热情的交响曲。罗阿弋萨太太不再是那个铁石心肠的女人了，而是慈祥的母亲。巴尔德尔心甘情愿听从这一家之主的指挥，她唯一的目标是为一家人好。客厅画像上的猴脸小姐就是西蒙娜，坐在他对面，当她把汤勺放进汤里，就对巴尔德尔笑笑，喇叭一样的鼻子更宽了，他哥哥维克托甜甜地满意地微笑着，眯缝着长睫毛的眼睛。阿尔贝托，阿尔贝托也在，他切了片面包，透过架在鼻子上的眼镜对伊莲内和巴尔德尔微笑。祖列玛没能来，她去排练了。

一种甜蜜爬上了巴尔德尔的心墙。他满心感激，参与到汤盆和面包散发出的祥和中去。伊莲内坐在他身边，将汤勺放在了巴尔德尔的盘子里，给他嘴里喂了一勺汤。巴尔德尔笑了，想要拒绝。伊莲内假装严肃地训斥他，巴尔德尔心里散发的快乐迷雾缓慢升到了嗓子眼儿，感动得哽咽了。他感觉仿佛很久以前就知道这家餐厅，墙上漆成了有墙纸的样子，有蓝色的竖条纹和红色的斑点。他回头就会撞到维克托发明的收音机，在罗阿弋萨太太身后，墙壁上有高浮雕和肃穆的橡木餐具柜，眼前还有两个窄边的隔板，放满了纸、信件和照片。在阿尔贝托身后，有个黄色木制的旧式冰箱，让他想起小时候，家里有个一样的冰箱，不知道为什么，他七岁之前都对这冰箱很着迷。

他忍不住大声说：

"哦！这好美，好美……"

西蒙娜、阿尔贝托、维克托、伊莲内都看着他，逐渐明白，这个在他们面前的男人，参与到了他们生活的单纯想法和小小兽性之中。罗阿弋萨太太年轻的眼神闪着光，将他上下看了个遍，带着母亲亲热又有威严的声音，对他说：

"巴尔德尔，您的汤要凉了。"

这时候，埃斯塔尼斯劳想去亲吻伊莲内母亲的双手。一种亲热的冲动敲打着他的心。他的脑子贪婪地记下了周围事物的形状，心想：

有必要把我捆在这儿，让我以后永远，永远都不能离开伊莲内，就算我想离开也不行。

伊莲内就像读懂了他的想法，将手臂挽住他的脖子。巴尔德尔在她耳边说：

"我爱你，你无法想象有多爱。"

"上帝的小女儿，让这先生吃饭吧！"罗阿弋萨太太说道，随后对机械师说：

"她都不让这可怜的家伙吃饭。这姑娘真是丢了魂。"

阿尔贝托低下头对着盘子，抬眼从眼镜上方看向伊莲内和巴尔德尔，对他们挤了挤眼，手里掰断了片面包。

巴尔德尔心想：

我真是太幸福了。

这是真的。这里的环境简直比石头旁边的水流更加圆润和谐，这些镍制的弧形透明杯子，盘子釉面边缘上的红色小花，浓浓的汤散发出的螺旋状的蒸汽，这些都触动了他的神经。

餐具的碰撞声、交谈声，伊莲内贴着他的热度，都给他的神经演奏了一曲《谦卑的爱》交响曲。这已经不是刚才那首迷魂的爱了，那首《火之舞》有凶狠击打铜罐的声音。

"你幸福吗，亲爱的？"

"很幸福，亲爱的。非常幸福。"

伊莲内向他低下头，她的发卷触到了他的脸颊。巴尔德尔在她耳边说：

"我觉得我也会很爱你妈妈的。"

伊莲内放下刀叉，看着他，从各个角度观察他，用骄傲的闪亮的双眼盯着他，看着他把勺子送进嘴里，看他和阿尔贝托聊天时的微笑。巴尔德尔觉得这姑娘的眼神都快把他吞掉了，于是假装严肃地说：

"你得吃饭……你太瘦了。"

罗阿弋萨变得很亲热：

"对吧，巴尔德尔，这孩子太瘦了。您都想象不出，我做多少努力让她多吃饭。您看，这里有一块一公斤的黄油和面包……黄油是按公斤卖的。我真是拿她没办法。早上10点我还给她炖了锅鸡汤，给她喝汤，给她吃蔬菜……但真是没办法……她没胃口……"

巴尔德尔仔细听太太说话。他很想告诉这位他深爱的姑娘的母亲，他很爱她，非常感激她。

伊莲内突然兴奋地说：

"我会吃的，让你们无话可说。让你们看看我是吃饭的，哎！"她将汤勺送到了嘴边，露出胜利的表情。

维克托在对面，蹦出这些话：

"所有的女人都是歇斯底里的……"然后得意地又羞怯地笑了。伊莲内就像在桌子底下转来转去的小猫一样，关注着巴尔德尔。或许可能没那么关注。

现在巴尔德尔像着了魔一样看着伊莲内吃饭。他觉得看这姑娘把餐具送到嘴里都是一种享受，有时候，他从她红唇之间能看到雪白的牙齿。伊莲内看出巴尔德尔又入了迷，就将头低向盘子，微笑着伸出一只手，在桌布下偷偷捏了下他的膝盖。

阿尔贝托笑了。

一种沉默笼罩了整个房子、夜晚和家具，直达他们心里。他们理解，生活的目的就是类似的平静和祥和，所有人围坐在桌旁，桌上铺着白色的桌布，没有必要说客套话，大家享受着每个人的自私加在一起产生的幸福。

"外面很冷。"西蒙娜嘟囔了句。

巴尔德尔想起他和妹妹与母亲在一起生活的场景。这是很久以前了，在他结婚前。他妹妹曾说过："外面很冷。"他靠近餐厅的窗玻璃，用手指在玻璃上画出一个字母，回到桌前说：

"对的，外面确实很冷。"

"你在想什么，亲爱的?"伊莲内问。

"我想起了以前的美好时光……在我母亲家里。"

她仔细盯着他眼睛，明白巴尔德尔说了实话。然后说道：

"你是个好人，亲爱的……"

维克托向西蒙娜扔了个面包屑，罗阿弋萨呵斥道：

"别淘气，孩子们。"

他们真想像孩子一样玩一会儿，但西蒙娜已经二十四岁了，维克托二十七岁了。毫无疑问，受到全家人关注的只有一个人：伊莲内。巴尔德尔觉得所有人都爱她，都偏向她，伊莲内看起来却没有意识到家庭的关怀，家人的注意力都在她身上。

维克托问阿尔贝托：

"那么，电影院的变压器绕线已经修好了?"

"明天我就交还给他们了。"

"你看，那主人还想寄到布宜诺斯艾利斯去修，但我给他建议，让他给您修……"

"对……他跟我说了……"

"吃点儿面吧，巴尔德尔……"

"太太……太麻烦您啦……您都把我盘子盛满啦!"

"你太瘦了，亲爱的……你得多吃点……"

巴尔德尔脸红了，笑了下。他看到维克托又往自己盘子里加了一块黄油，估计有一百克。他惊呆了，忍不住喊起来：

"您真够可以的。一个人把黄油都吃了。"

"哦! 这可不算什么。"维克托得意地微笑着，想要吸引客人的注意，他想表现下，哪怕把所有的黄油倒在面条上，他都能吃得下，他又切了块黄油下来，用叉子在热面条里搅拌化开。

"您一直都这么吃?"

"一直这么吃。"罗阿弋萨太太答道。

"那么，您怎么还这么瘦?"

"他呼吸不好。"罗伊莎太太解释，"他早该去做鼻子的手术……可总不愿意去……"

"你吃的面好少。"巴尔德尔看到伊莲内的盘子，惊讶地跳了起来，反复强调，"丫头，你什么都不吃，吃太少了。"

巴尔德尔又转向罗阿弋萨太太：

"这姑娘什么都不吃，太太。"

"我得让她去看看医生。她的胃不好，好几年了。她应该去拍个 X 光片。"

巴尔德尔点了点头。

"一个要做鼻子手术却没做。另外一个应该要检查胃病，也不去。这家里的东西和人像那门锁一样，都不大好使了。"

热气腾腾的羊排，一大碗沙拉端上了桌。巴尔德尔禁不住在椅子上往后仰。

"我再也吃不下了，太太。我吃太多了。"

"哎呀，巴尔德尔……您看，我要生气了。"

他们给他盘子里盛了半块羊排。

伊莲内嘟囔着：

"你得吃啊，亲爱的……你太瘦……"

巴尔德尔回道：

"亲爱的……你还跟我说该多吃啊……你盘子还空着呢。你太好笑了……"

"我是素食者。"

阿尔贝托和维克托兴致勃勃地讨论技术问题。维克托转向巴尔德尔：

"您是工程师，您懂无线电吗?"

"一点儿吧，基本不懂……我喜欢的是建筑……"

"那您告诉我：您对这些用紫外线引爆矿场的实验怎么看?"

"现在还没有这技术呢。"

"那有可能吗?"

"唯一可能的是单向短波直线，最多一百里……不可能更多了，其他都是幻想……"

祥和，一种物理的沉默笼罩着整个房子、夜晚和家具，直达他们心里。他们明白，生命可能的目的是像这样的平静和祥和，所有人围坐在桌子旁，桌上铺着白色的桌布，没有必要说客套的话，大家享受着每个人复杂的自私加在一起产生的幸福。

巴尔德尔日记的摘录

激情如疾病一样，一旦到达最高峰，很快就会突然恶化、濒临死亡，这个术语叫作"垂直下降"。

我跌入了自己激情的深井，垂直下落，完全失去了对道德意志的控制。我的智力仿佛下降到最低点，协助了这可怕游戏的进展。我处于一种近乎白痴的状态，我在之前的日记中也提到过。

我有多讨厌埃伦娜，就有多爱伊莲内。我的妻子是阻止我和这女学生长相厮守的消极障碍。

这些不同的心理状态接二连三地发生，真是奇妙！这真是对自己的强项和弱点的痛苦又危险的测试！

同时，我很喜欢伊莲内和她母亲的情感专制，给我提出了越来越多的要求。这两人的共同行动打消了我残存的疑虑。

我想让伊莲内对我实施无限权力，让我无法抵制她任何的任性。那时，我就不再是埃斯塔尼斯劳·巴尔德尔了，而是这家人可笑的奴隶，沉迷于牛排和巧克力甜品，先让我抛妻弃子，最后就带我去民政局登记。

我特别渴望被摧毁，这样就可以不用逃离他们设计的网络了，到时，她们不用再去修补这网，而是可以拆除了。或者她们展现了一种紧迫感，跟她们不那么精明的形象是一致的，这场征服的游戏最终会作为不幸的专横冒险来收尾，中度敏感性格的人对这游戏缺乏兴趣。

这可怕的、毫不灵活的游戏倒是有简单的技巧：

伊莲内一声不吭地听从母亲的决定，就像一个颇有名声的高利贷者，不敢损害在法官那儿的名声，把欠条转给第三方，然后金蝉脱壳。有错的人不是他，而是"其他人"。

这就是发生在我和这小姑娘之间的事。我沮丧地分析这一切。我的生活是矛盾的：在明辨事理的理智和盲目前行的感性之间不断挣扎。伊莲内的生活则毫无不安。她对世界缺乏人性关怀，这让我很难过；对她而言，世界上的事物被创造出来，要么是为了被赞美，要么就是被搁置一边的。

她灵魂漂浮在这天然的自私里，拒不接受与现实接触，因为这现实让她不满，这点让我觉得太过邪恶了。她逃离真相，就像小猫逃离人的抚摸。唯一能撼动她精神上常年的昏睡状态的是对性需求的满足。于是，伊莲内变成了这种样子，我忍不住要提问：

"你难道对发生性行为一点儿都不感到羞愧吗?"

"为什么? 你觉得羞愧?"

我忍住了，没有回答她。她满足自己和我的欲望时是如此自然，我在其中发现了一种快乐的体验将我撕裂，只剩下记忆中的痛苦的嫉妒。我对她时而充满爱意，时而充满仇恨。爱是因为我以为这爱值得称颂，恨是因为她那么轻浮，将来会让我难过?

我面前的小姑娘，全身心投入爱情生活，这爱情生活成为她各个感官唯一的功能，我不知道她投入到何种程度，以致于毫不关心对方的智识能力。就像所有的极其性感女性一样，伊莲内也有天生的快感。她选中一个人只是个借口，随便哪个人的下体都能让她满足。

我愤怒地渴求她，也许就是来源于这种看法。我离不开她深深的触抚，就像老烟枪无法离开香烟，哪怕满嘴沾满臭味。最要紧的是我俩的经历不同、智识水平不一样，就算通过性接触也无法消除这些不同。

伊莲内有些想法真是让我生气。她崇拜高级军官、崇拜酋长式的政治人物，还崇拜资产阶级世界中的一些名人。后来她选择崇拜她的音乐老师，就是因为他举办的音乐会的听众里有外国领事或官员。

这姑娘的每个行动，仔细分析下就会发现，完全缺乏任何的道德感。但这不影响我与她亲近，仿佛我在虚伪的亲密或堕落的本性里，也能在情感里找到对应的血液来批判她。

她是情人类型？对。伊莲内对情妇有个特别错误的看法。她以为情妇就是让我们分心的女人，她没有意识到，典型的情妇恰恰是她那样的，某些方面冷淡，某些方面又充满炙热的肉欲，像是专为黑暗的房间而制造的发情的母兽，在偷偷摸摸的触抚中展现她不可抗拒的魅力。我审视着伊莲内，绝望地在她身上寻找，能从我内心筹建的废墟里将她救赎出来的东西，我独自一人的时候，就回想她的只言片语、她的神情、她的所作所为。除去"正义的精神"——我们用这个词来指涉一些平等的需求。伊莲内就是个空虚的人。她像是一座美丽的房子，里面空空如也，需要摆放家具。她的内心可以容纳善，也可以容纳恶。有一天，她对我说：

"你走向我的时候，正是我要走偏的时候。"

我相信她，我本该拒绝她说的许多话，但我都相信了。

我闭上眼睛。自欺欺人真是没什么用。如果伊莲内把我当作个情人，在她的生命中我就只起到一个重塑者的作用，那么我的行为和我的担忧就让她的生命变得美好了。但她却把我当作她丈夫……未来的丈夫，如果是丈夫，就没必要去理解他。

这些姑娘的母亲也是这样想的。只要她们能迎合男人的欲望就行。这种行为一部分是出于思维上的懒惰，一部分是出于轻易的肉欲。这些行为总能取得良好的结果。

当证据足够多，多到让人绝望，她就对我说：

"没关系，我有必要了解下新的奴役类型。在我们这个环境里，没性格的男人会给淫荡的年轻小姑娘强加奴役，她们早就学会了传统技巧，能抓住男性的弱点。"

我难道不正处在这条路上吗？这三个人不正是在搞阴谋，把我拖下浑水吗？在这浑水里，她母亲最后还能红着脸转换话题，对女儿的未婚夫微笑，明知道她女儿与他几分钟前在客厅的靠垫上近似交媾。

尽管我很看不上罗阿弋萨太太，伊莲内却将我跟她联系了起来。也许这母亲的脑海里再现了她女儿渴望的欢愉。她认为满足这些渴望，就得经历这不可避免的阶段，而且这些手段非常有效，能确保婚姻的缔结。这么明显的阴谋像是感恩的温柔包围了我。我觉得，我完全可能敢向太太咨询我们私密关系中最可怕的话题，却丝毫不觉羞耻。我们面对面看着，被自己的利益和本能牵制，我这么冒险，都是为了满足她们自己的欲望，她们就是这么设计的。

我们都是这阴森景色中的同谋，我无法逃避这快感，尽管这快感被这些粘稠的关系污染了。

其他时候，我厌恶她们。为什么她们没脑子理解我的心理状态呢？为什么没利用这点来达到她们的目的呢？

尽管存有疑虑，我还是愤怒地想放弃自我，变成罗阿弋萨家庭里的一颗微小的分子，她们没有意识到？对的，最小的那颗。这是突然坠入激情深井时垂直下降产生的欲望。

我写下这些句子的时候，想到了战争结束后，对战败者和战胜者的战略计划作出的批判。我想起福煦①将军说的话：

"胜利总是依靠剩余的精力获得的。激战后，夜晚来临，所有人都很累，战胜者和战败者一样累，但他们有区别，战胜者比战败者更顽强，意志力更强大。"

我想到她们如此无知，没有意识到我荒谬的欲望：希望她们将我最后一点儿可能变成战胜者的士气都摧毁掉。

真是愚蠢！真是不精明！真是没什么想象力！我如此投入，她们却用可笑的资源来下注，想把我抓住，从长远来看，她们在智力上是愚笨的。

想到这一点，我回忆起跟她母亲的一段对话。

伊莲内、罗阿弋萨太太和我一起去祖列玛家做客。我忘了为什么祖列玛那天下午没去哥伦布大剧院。我看到她有点儿闷闷不乐。在问候和客套之后，我们的谈话很快又滑向我和伊莲内的不正常关系。像往常一样，伊莲内保持沉默，关切地看着我们。只要提出关键问题（我后来观察到），她总是将脸转向所有人中间的角度。其他人，她母亲、阿尔贝托或祖列玛会聊这问题。

罗阿弋萨太太直接将了我一军：

"如果您真的爱我女儿，您早就该离婚了。"

---

① 费迪南·福煦（Ferdinand Foch, 1851—1929），法国陆军统帅。

她这种咄咄逼人的口气惹怒了我，虽然我早已做了离婚的打算：

"我没跟您说过我不想离婚啊。"然后，为了缓和下我如此生硬的口气，我就仔细地讨论抽象的东西，如：法院的手续有多麻烦，法律规定的障碍，检察官都是些倒霉催的，满口胡言，戴着比他们的手指还脏的假领和绑腿。

伊莲内的母亲迅速回答：

"您看，祖列玛刚跟我讲了，哥伦布大剧院的一位音乐家在街上就跟老婆和三个孩子分了手，跟个舞蹈演员好了。男人就该这样果断。才不会像您那样，跟老婆分个手还要思前想后。"

这白发老妪竟然恬不知耻地说出这样的话，我都不知道是否该高兴，还是去问她：

"您说，您想让我跟伊莲内结婚，然后让我为了个女舞蹈演员，将伊莲内和三个孩子扔在街上吗?"

但我克制地答道：

"事实上，我还没离婚是因为我缺乏经济来源。您知道我很珍惜您女儿。"

这可怕的老太太抛出了实际的观点：

"光珍惜没什么用。您做事得像个爷们儿。"

那时间，我心想：

你还让我做事像个爷们儿，我早该让你女儿怀孕，然后跟你说：您要不把女儿卖给个愿意接手的白痴。

这寡妇接着说：

"……您看看这音乐家的例子。三个孩子啊，巴尔德尔! 居然还有人不相信爱情。"

祖列玛像合唱一样重复着这些话：

"这是真爱。三个孩子呢！"

"当然了，"罗阿弋萨太太接着说，"如果一个人要考虑再三的话。"

我想起了我们第一次见面，

她当时说，一点儿都不着急嫁女儿……她们在家里过得好着呢。

然后，这谈话就平息了，转向了其他的话题。从祖列玛家告辞之前，伊莲内对我说：

"你来我家吃晚饭吧……妈妈说请你去。"那天晚上，我们三人上了火车，伊莲内坐在我身边，罗阿弋萨太太坐在对面，我们三人交头接耳地聊天。去蒂格雷的旅客穿过过道时，斜斜地看着我们，眼神闪亮、充满讽刺。我们在聊什么？聊了很多，也什么都没聊。

我们相信思考的价值，它的价值在于让人明白事物的复杂性。我们每个人，母亲、未婚夫、女儿，毫无疑问，都在仔细辨认我们所处的非正常处境。我们内心深处，在理论上都很唾弃我们在实践中认可的行为，对伦常的不断违背将这游戏变成了不幸的冒险。最为相悖的情感在这里相汇，就像扔完石块后，在水里激起的同心圆圈，不断随着小圆的消失向外扩散。

这么说我还挺喜欢罗阿弋萨太太，我敬佩她那种蛮横，这成了她的优点之一。她不断干预我们关系的发展，表现得很勇敢，有口蜜腹剑的权威，这真是让人敬佩。为了自证清白，她说：

"我家死老头才叫活力四射呢。"

她没解释下，这中校会不会惩罚我们这种关系。哪怕我们在祖列玛家有了些小口角，也不妨碍罗阿弋萨太太对我依然很尊敬。她对我有一种自私和满意的情感，像是慈祥的母亲对待虚弱又充满性欲的男性那样，他们被她女儿们的性器官拴住和奴役，他们为了心爱的姑娘们，会像野兽般努力工作，珍惜她们，给她们买成堆的商品，满足她们贪婪的本性。

我想起了一些场景：母亲、女儿和男人。母亲和怀孕的女儿亲热地交谈，她们是亲密的朋友，是因为她永远无法忘却，她母亲是她的同谋。她帮女儿逮住了一个不幸的男人，他生命的意义就是在各个方面满足她女儿。

因此，随着我放弃了我的本性，接受了这些浸润到我皮肤每一个细微颗粒的妖术，我内心里的阴暗和顽固的放荡就开始增长了。

我处在迷失的边缘了。

我带着卑贱的感激之心看着她母亲，像是病人看着顽固的外科医生，这医生知道如何说服他做这个痛苦的手术。一旦完成了手术的所有阶段，他就能给病人提供美妙的满足感。

这并没有妨碍我自言自语，就像个与此剧无关的旁观者：

"这可怕的老太太真是自私！她爱她女儿，胜过所有的道德和伦理。她在我们第一次见面的时候，就假装谨慎小心，害怕别人说闲话，事实上，后来她对周围人的看法真是一点儿也不在乎。她想要的就是让伊莲内赶紧结婚，都到了不择手段的地步，只有法律的惩罚才能让她退缩。"

她的行为和她想让我相信的、她做出决定的动机完全不同。在这种虚伪的环境里，我总是止不住地想，这么虚伪的母亲会不会生出更为狡诈的女儿呢？每当我怀疑有这种可能性的时候，我便露出一副冷酷和残忍的表情，看着伊莲内。

这小姑娘会把我撕碎，这点不可否认，但我也会将她摧毁。也许比她对我的方式更为暴力。于是，她的存在变得让我无法忍受了。我无处安放的神经讽刺地没精打采地接受这些情感的表露。伊莲内在家里受这寡妇的控制，对我很厌恶，却像一头野兽一样勾引我，她的利爪将我的肉从骨头上剥下来，然后挖出心脏。

她感觉到了。有时候她推开我，开始默默地流泪。

我记得有一次，在一个残酷的场景发生后，我们愤怒地拥抱对方，牙齿倾轧着对方的嘴唇，在欲望的颤抖中呻吟：

"我们是两头一样的野兽……一模一样……"

每次离开伊莲内，我的神经就恢复了常态，对给她造成的痛苦，真心感到内疚，还从布宜诺斯艾利斯给她发去电报，给她个惊喜，让她明白，我时时刻刻都在想念着她。

但随着时间的流逝，一旦到了去她家的时间，我内心就生出一种无法克服的厌恶。这厌恶在生理上都有反应，因神经拒绝偏离主线，被迫去观看不常见的场景。

从火车站到伊莲内家的这段路，在我心里引发了巨大的恶心。必经的这三百米的路让人非常憎恶（后来，我想起，我又渴求走这段路，因为知道它不会再影响我的心理了），这条路上所有的门都往外蹦出一个闲话、一个秘密、一句辱骂、一句思考。门口站着的女人都与穿着长袖衬衫的丈夫在一起很幸福，她们让我想起被我抛弃的妻子，她陷入了悲伤和孤独；这种厌恶达到一种暴力的程度，要消除它，我就得每天走不同的路线，以防这些街坊邻居熟悉我的脸，最好让他们认为我只是偶尔在那儿路过。

但是，当我穿过她家门帘的时候，就融化到了欢乐之中。伊莲内快速走向我，那时候，我就忘记了所有的不快。我们的嘴唇交织在一起，她边走，边把脑袋靠向我的肩膀，一只手挽着我的腰，我贪婪地看着她，就像几分钟之后就要启程去一个遥远的国度，但这旅程暂时延期了。

我们进入餐厅，这里又生出一股奇怪的吸引力。我的意识停留在这奇怪的感觉上，看着所有人都用的常见的餐具，摆放在不同的地方。

在我家里，我对这些物件非常熟悉，但只有我需要用它们的时候，它们才进入我的眼帘。

在伊莲内家，我的注意力却长时间停留在不确定的环境里，因为我跟他们的生活习惯总有冲突，感觉有点儿不一样。我在那儿做任何一个动作都会让我觉得不和谐。仿佛我呼吸的空气浓度都不同。

我很想熟悉伊莲内身边的物件。我甚至都研究了下，她的衣服放在哪个衣柜。我很清楚地知道，我妻子在哪里挂她的连衣裙。在伊莲内的衣柜里，衣服摆放的顺序不一样。这些衣柜也刺激着我的神经。从咖啡和奶的比例，到饭菜里面的盐分，一切都不一样。我的感官停留在习惯中，不服从这个新家的习惯，它总在提醒我，我在一个陌生的地方。这并不是说我家东西的摆放方式比这家人高级。有其他的因素在发挥作用。习惯的冲突不断刺激着我的注意力，但这并没有善恶的概念。我内心里留存的是根深蒂固的习惯的瓦解，只要我在这家里，这一过程就在进行。我强调表面多余的细节，来记录和串起这些不习惯的链条，这些不习惯导致我拒绝伊莲内的情感。那里的每样东西仿佛都在跟我重复：

"你在这做什么，闯入者？"

另一方面，我潜意识里在寻找对这家人生气的理由。分析我的行为就会发现，我所做的就是一种不正派的报复（我自己意识不到），因为她们间接逼迫我走出这决定性的一步。这是我对之前所说的道德迹象做出的反应。

罗阿弋萨家里的每个人做的蠢事都敲打着我的神经，像深夜急促的敲门声。

餐厅无比喧闹，要么是因为西蒙娜的愚蠢，她整天气呼呼的，丑陋的样貌简直是她的贞洁马甲，要么就是维克托乏味的八卦，他跟西蒙娜吵架，因为他妹妹调到了一个喜欢的电台，跟他喜欢的不一样，还有通过扩音器传来的橡胶玩偶的尖叫声和齿轮尖锐的噪音。要不是维克托就是罗阿弋萨太太，在唱片机上寻找"克里奥音乐"。弹吉他的声音和随口的哼唱，都把我拉到暴戾的低俗中。有时候就差伊莲内在他们面前戴上蓝白头巾，来配合这粗鄙的音乐。但后来，我居然想念这场景，我喜欢这"暴戾的低俗"。

　　有时候，我还把自己当作主人，教训西蒙娜坐姿不雅，她跷着二郎腿，长袜的夹子都露出来了。

　　但是，我喜欢这种落在我身上将我埋没的火山灰。我很想坚决拒斥所有的理想，很想变成罗阿弋萨一家人那样，自以为在宗教上很虔诚，在卢汉圣女像前面摆上两个点燃的蝴蝶蜡烛，实际上却是深陷物质主义。我做了点儿努力，说服自己对他们津津乐道的话题感兴趣，例如邻居夫妻吵架、对面太太的八卦、街角那个小姑娘的冒险行为。

　　我还跟她们站在一条战线上，对抗她们的表妹们，她们对伊莲内和西蒙娜冷言冷语，就因为得知罗阿弋萨太太容忍女儿跟已婚人士恋爱。这对我是没什么影响。

　　还有几次，晚上我和伊莲内、西蒙娜和罗阿弋萨太太一起去蒂格雷街上闲逛。

　　罗阿弋萨太太和西蒙娜走在后面，我和伊莲内走在前面。我身心分裂了，灵魂跑到身体前面十米去了，身体挽着小姑娘的手，灵魂对我说：

　　"进展顺利，你们这对神仙眷侣。"

　　我们沉默不语地走着，走过一个个亮灯的门厅。街上的太太和小姑娘们有时候停下来看看我们，我们在这些目光的质询下走过，他们猜测我们的社会地位，比如：伊莲内衣服的价格、我鞋子的质量、西蒙娜长相丑陋、罗阿弋萨的年纪到底有多大。

　　我都能想象那些跨在门槛上、披着三角披巾的恶毒女人的评论。她们看见我们时，就不说话了，从上到下打量着我们。她们能瞎编一堆八卦新闻，够她们在聚会上嚼一整晚。我得忍住自己的大笑，在脑海中再现她们讲述的我们之间真实又夸张的可怕之事，她们"看见"已婚男士挽着一位单身女性。这些说法是极有可能的，但我却以此为乐，还跟伊莲内讲，她听到我给她描绘的闹剧，微笑了，很开心，跟我说：

"你让她们说去吧，亲爱的。只要我们幸福就行了……"

但我还是忍不住皱眉，看到我跟着西蒙娜和母亲一起散步，第一个有权利嘲笑我的人是我妻子，尽管我已经提出了离婚的事了。

"如果你想要和伊莲内幸福地在一起，你就得开始认可资产阶级道德的礼节，这没什么可商量的。"因此，我不仅没有拒绝夜晚散步的闹剧，反而很享受。

我很乐意展现自己符合虚伪的义务准则，表现出尊重和遵守母亲的权威强加给一位男士的规定，而且这男士还已婚，已经明确表明会跟老婆离婚跟她女儿结婚。

你想幸福？非常好！所有的情侣都是由母亲和妹妹跟在后面的，我没有权利跟这俗气的习俗搞特殊。我不仅要遵守资产阶级准则，还因被外部力量强制不得不遵守而感到得意。

我自言自语：

"将来，我要花很大的力气，变得像维克托、阿尔贝托、伊莲内或罗阿弋萨太太一样扭曲，才能享受幸福。这老太太现在看来挺胸傲气，正在酝酿这类狡猾的想法也不要紧：尽管他已婚，我也控制住他了。最后我会变成跟他们一样的空虚的零，我就幸福了。"

伊莲内进入了我的内心。她意识到了，恋爱中的男人内心在不断挣扎，他为了被打败，不惜将自己臣服于各类约束。这就是他绝望的表现，小姑娘胜算在握。

难道我不是把我最隐秘的想法、我最潜藏的不满都告诉了她吗？我对伊莲内的看法有好有坏，都告诉了她。我不认可一种隐藏的游戏会是公正的。在这里出现的很多思考都是在我俩吵翻之后才出现的。

有时候，吃完晚饭，我们坐在她家院子里，周围是高大的盆栽植物，伊莲内靠在我身上，对我说：

"哦！假如你知道我妈妈有多爱你！她意识到你是个好人，而且你真的爱我。"

"我也是啊！我早就跟你说过，有时候我忍不住想亲吻她的手，叫她妈妈。"

这是我的真心话。

一天，我想验证下我情感的真实性，我对罗阿弋萨太太说：

"您看，从今天起我叫您妈妈，行不行？"

我改了口，不叫她"太太"，而叫她"妈妈"，这强烈的情感冲击我永远都不会忘。每次我喊她"妈妈"，一股恶心的浪潮袭来，我嘴唇都发抖了。于是我放弃了这做法，不顾一切想要建造一座沙墙。

我到底要做什么？我想要什么？

我很生气，想要找些荒谬的角度来迷惑她们，我的某些态度让她们很吃惊。

有一天晚上，我跟伊莲内争执了起来，说了些不中听的话，罗阿弋萨太太摔门进来。我盯着她的眼睛说：

"您瞧，太太，我想警告您一件事。您别让她一个人去市中心，别让她跟我在街上独处……"

伊莲内逃避了献身，坐在钢琴前的凳子上，看我的眼神都要喷出火来了。她气红了脸，鼻孔张大，大口呼吸空气。罗阿弋萨太太突然闯入，为了避免冲突，讨好我说：

"巴尔德尔，您可真是爱吃醋。别担心，小姑娘要一个人去市中心的话，我就陪着去。"

我没再坚持。再说下去就有点儿傻了。我已经达到了我的目的，给伊莲内个警告，她没法用她的性感拴住我，而且也省得受到不公正的指责。如果她早献身给我，这事儿已经不可避免了，我不知道为什么她还在躲避这事儿。

但打击伊莲内对我有点儿好处，让我有了点儿自信。

由伊莲内挽着，由她母亲陪着，我将变成个白痴，或者正相反，我会发起一系列进攻，将战胜自己，也将控制她们。

我有足够多的证据来证明，我那些扎进黑暗之路的朋友们，都为情人迷失了自己，或是过于着迷以致于再也无法得救了。

我会冒同样的险吗？我会克制本能的冲动吗？

我还很好奇，想给我和伊莲内的本性做个心理测试。这小姑娘会怎样表现？她真实的性格会是怎样？

这种人类灵魂的化学物质是神秘的、无法触及的，深深吸引我。

你们后面会看到，我的本能和分析工作是如何协助我进入这姑娘最封闭的内心世界的，尽管我非常爱她，我会向她展示我比她强。

但要实现这一切，须经历一场可怕的、激烈的战斗。

旅行的美梦

在蒂格雷三角洲，下午 3 点。

伊莲内跟巴尔德尔肩贴着肩、手握着手，在街上散步。巴尔德尔的手穿过她的腋下，被她戴着手套的小手指捏着。

街角突然出现一个锡皮顶棚屋。电锯的噪声不断传来，一个血色的烟囱修剪了蓝色的天空，在铁丝网后面，他们看到一堆堆的长方形木板，放在阳光下晾晒。

伊莲内穿着白色领子的裙子，回过脸看向巴尔德尔，他将她微微发红的脸颊上的一撮鬈发撇开。

"亲爱的！"巴尔德尔本想回答她，但被电锯的嗡嗡声和锤子的噪音打断了，他就没作声。这是一家制造水果箱的工厂。远处有一座小木屋，像是木船的船头，在红玫瑰的幕墙中穿行，烟囱在蓝天中吐着烟雾，烟雾的螺旋在空中如金色发卷一样消散了。

伊莲内紧贴着巴尔德尔，对他说：

"我的孩子……我想到一件事情，你不会生气吧？"

"不会的，亲爱的……你说吧……"

"我想卖掉钢琴，攒点儿钱去旅游。这琴大概值八百比索。"

巴尔德尔的灵魂都飞上云端了……

"小姑娘，你可真大方！"

"你别这么说，巴尔德尔。我们去西班牙后，最初一阵子，我可以教钢琴，补贴你。"

巴尔德尔摇了摇头。他对她的疑虑都消失了。小姑娘比他好。真的。伊莲内以前说过的话像是一道闪电穿过："我很爱你，比你爱我更多。"这看来是真的。那他还能怎么想？难道他还有权利来怀疑她们吗？一旦开始启动离婚手续，他就可以对她们说想去远点的地方，去"比如说，西班牙"，罗阿弋萨会立刻同意。

"你怎么想，我亲爱的?"

"我觉得你比我好。就是这个感觉。你觉得不够吗?"

她捏了捏他的手臂，不高兴地说：

"亲爱的。你别这么说，我生气了！"

巴尔德尔让自己的思绪飞到远方。他觉得灵魂已经离开了身体，像舞蹈演员一样在铺好沥青、满是荆棘篱笆的小巷里孤独前行。枝叶繁茂的树冠在空中悬置着一种振颤的绿雨，摇着橄榄色的光。

走过街角，能看到一座日耳曼宫殿的外墙，石炮建筑上烟囱冒出的黑烟把远处雪山云顶切断了。一排排柳树给人行道造了个拱顶。母鸡在人行道的砖头缝里啄来啄去，淡淡的圆形光影，沥青公路转向了左边，在风的摇动下，画出了锯齿状的轮廓。这两人都在思考着旅行计划。

"问题是家里的家具怎么办?"

"那就卖了呗……"

"还有个问题是维克托，他没有工作。要是维克托有份工作……"

只要是涉及其他人，巴尔德尔的自私就完全不隐晦。他果断地说：

"让维克托自己解决吧！你觉得呢？这是男人该做的。"

公鸡喔喔地叫，不断提醒他们身在乡村。无数的青藤爬满了铁丝网。柳树的枝叶弯起来像银杖。地上有一堆多肉植物，像人的手掌，上面长满了白色的小花，绿色栅栏围起来的房子、棕榈树、台阶、花坛、放满白色瓶子的架子，这里看起来真像热带国家，那里的人们只有在大片紫色和淡紫色的花影下才能活下去。

巴尔德尔心想：

她说我并不比她差，但事实上正相反。她比我慷慨，比我高贵。我承认我自私，我故意犯些错，让自己显得渺小。

"你在想什么，亲爱的?"

"我在想昔日的愿望。你知道我多想做一次这样的旅行吗！我们会去格拉纳达……去托雷多。"

"你可以远程离婚吗?"

"可以……我觉得可以远程处理离婚，但你妈妈能一起旅行吗?"

"可以，我觉得她很想去。今天下午她要出门……她说会询问下游轮的价格。"

"哦！有些游轮很棒的。"

"我们会很幸福的，亲爱的。我都不敢相信。"

"我们租个带院子的安达卢西亚式的房子。"

"希望能离山近一点。你瞧,我从来都没见过山。"

"你可以在那儿弹钢琴……马德里有很好的皇家音乐学院。而且我们离巴黎会很近。"

"真好,亲爱的!我永远都不会和你分开。"

"我也不会。我们一起度过每一天。你看!我在那些古老的巷子里穿梭……去逛博物馆。你会找到很好的钢琴老师。你可以开音乐会。在欧洲获得成功跟这儿可不一样。这里围绕你的只有沉默和嫉妒。"

两人沉默地陷入了遐想,内心充满植物般的平静。

他们的想法,像是漩涡的水面,总是在沉默阴暗的椎体中探出头来。伊莲内手臂的温度穿透了他的衣服,她还没有献身,但她的想法与成熟度就已经到了那个程度了。

巴尔德尔想:

我想让她献身的时候就怀上孕。就算她大肚子,身材走形,我跟她一起散步也不会难为情。她要是生了儿子,我会非常爱他,对他说:"啊,你这个不要脸的。我这么爱你,只是因为你是伊莲内的儿子,就算是你,在世界上也找不到一个像我身边这姑娘这么爱我的人来爱你。"

伊莲内揣测着他的想法,无精打采地靠在他身上。巴尔德尔心想:

她的乳房会充满奶水,我也要喝下这奶水,让她的血在我的血液里流淌。那样,我就永远不会停止爱她了!

"亲爱的,你在想什么?"

"我在想，你什么时候献身于我。"

伊莲内的脸红了，紧贴着巴尔德尔，在他耳边娇滴滴地说：

"我身体不舒服，亲爱的。过阵子就好了……我向你保证。我也很想，跟你一样……"

他们又沉默了。这起伏的沉默像是海面，让他们窒息、让他们痛苦。他们渴望赤身相对，瘫软地依偎着对方，巴尔德尔在她耳边悄声说：

"你不害怕怀孕吗？亲爱的。"

"不，亲爱的。你想让我怀孕吗？"

"对。"

"亲爱的，你可真好！"

伊莲内贴紧了他。

"我也想跟你生个孩子，巴尔德尔。我都能想象。他一定会让我们很开心。"

"亲爱的！我会抱他的，这样你就不会累了。"

"巴尔德尔……你别说话了，你都快让我发疯了。"

突然，他们面前出现了一座令他们憎恶的大楼。

在一个杂草丛生的阴暗花园里，一座三层楼的旧房子矗立在那儿，像位可怕的德国老人，还有褪色的木制阳台，铁砂罩防护窗，沾满烟垢的烟囱。巴尔德尔不自觉地想象，那里住着一个德国老人，叼着瓷烟斗，浓眉下的眼睛严肃地盯着墙上的女王陛下，思考如何撰写她的退位诏书。

接着这混乱又开始了。树干几乎被常春藤绕得窒息了，从树冠高处垂下永恒的绿雨，树冠顶上还有紫色和红色的肥皂泡。

围墙上有个小木门，红顶白鸭在草丛间扇动着翅膀。

伊莲内说：

"大海是什么样的，亲爱的？你看！我不知道……我想应该是巨大无比吧……无穷无尽。晚上，等月亮出来以后，大海会更美妙吧。"

"我都能想象你和我在轮船甲板上的样子。"

伊莲内紧紧地贴着他的手臂。

"这真是美好，亲爱的！认识你真好！"

"我也是啊！你看，我从黑暗的生活中走了出来，走向了这光明的新生活。有你在身边。我都不敢相信这是真的。但拥抱我的人真的是你……你的手在我的掌心中。"

"亲爱的……"

我们坐轮船的时候，月亮会照亮我们，我们看着对方的眼睛，想起我们遭遇的事情，会跟对方说：

"这一切都让人不敢相信，但是这都过去了，我们现在在这里。"

"我亲爱的……"

"阿尔贝托要是知道我们去欧洲，会说什么？"

"他会仰天摔倒吧。"

"他会怎么想？"

"还有祖列玛。她也会觉得不可思议。"

他们沉默地散步，沉浸在幸福之中。巴尔德尔的思绪在一片非法之地游走，从一个铁制阳台上俯瞰着满是羊群的山坡，康乃馨爬上了他的膝盖，突然有双手从后面蒙上了他的眼睛，传来一阵大笑。这就是伊莲内。她戴着头巾，手臂搭在他肩上，两人眺望远处，紫铜色的山丘在远处泛着红光，小镇上黄色遮阳棚下的窄巷子不断伸出叉路。

巴尔德尔突然想到一件事。

"哎……我今天就送你到家门口吧。"

"为什么？"

"我要立刻去趟市中心。我想去买西班牙的旅行指南书。城里应该有的。"

"还有酒店的指南。"

"我不知道，去看看。"

他们梦幻中的建筑，与周围近似热带的多样景色交织在了一起。

拴在锡顶棚的柱子上的一条狗，只要有人经过就叫唤，摇摇尾巴，在不可思议的绿树冠丛中，两坡水屋顶看来没完工。土地仿佛是很多土层叠加起来的。篱笆后面有只狗跑过来冲他们叫，一个人推着独轮车穿过马路，大声跟他们打招呼，巴尔德尔问：

"是谁啊？"

"我不认识他，亲爱的。"

这街区的楼房形状各异。有许多简陋的小房子，漆成粉色的墙面满是青苔。印花小窗帘在窗口飘荡。天空被高高的电线杆隔开。从树冠中传来一阵女人的声音。总会有个老妇在花园里除草，突然直起身看他们走过，揉揉疼痛的腰。铁皮房子从美妙的花园里冒出来，房子上画上了黄色、红色、蓝色、银色的星星，在每个阳台前都爬满了葡萄藤。

一些房子离地两米，从一节节的小楼梯上去，侧面涂上了米色，墙上泛黄的粗布像妓院的帘帐。

他们在莫拉雷斯将军街拐了弯。

"我爱你家门前的这条街。"巴尔德尔说，他陶醉地看着宽阔的砾石大道，延伸到远处，仿佛升入了天空，路两旁竖着灰色的电线杆。

"你还记得我第一次遇见你吗？"

"你跟着我走到了这里。"

"我看着你进了家门……"

"我回了头。那时候我觉得你好奇怪！"

"谁知道呢？你进了家门后，我就寻思：用手抓住太阳都比跟着她进家门要容易。我说的她就是你！在那里。"巴尔德尔指着人行道说，"我遇到了一个赤脚胖姑娘，吹着口哨走过。"

"真厉害，亲爱的。什么都可能发生，一起皆有可能。时间过得真快！"

他们沉默无声，陶醉在了回忆带来的感动之中。伊莲内坚持说：

"你不要进来喝杯茶吗？喝完再走好了。"

"亲爱的……如果我跟你进去，估计就要等到最后一列火车才能回家了……你也知道的。"

伊莲内动情地微笑了。她知道事情会如他所说。她整理了下胸前蓝色斗篷的边，靠在他手臂上说：

"好……去吧……但你表现好点儿，快点儿回来。"

"好的。"

他兴高采烈地离开了姑娘，觉得每一寸身体都被她施了魔法。他心满意足地想：

哦！她的巫术可真是厉害！这姑娘太厉害了！她能让我疯狂，甚至去犯罪，我都在所不辞……必定照做。去欧洲。太美好了！将这些不好的回忆都抛在脑后，像是丢掉一件旧衣裳。为什么不试试呢？大海会掩盖一份内疚，两份也行。

他的感官沐浴在了情感的烈酒之中。这些时候，什么都能让他愉悦。

透过门上的玻璃，能看见裁缝跷着二郎腿缝黑衣服。在一家酒店和五金店之间，一个男孩在带矛头的铁门那儿打斗，这门护卫着铺满红色马赛克地砖的院子。空气中飘浮着烤面包的香味。

巴尔德尔回头看到伊莲内站在家门口，两人同时挥手告别，然后，巴尔德尔就消失在了街角。

伊莲内跪在一个靠垫上，母亲坐在一边，巴尔德尔蜷缩在沙发上，待在另一边。

在埃斯塔尼斯劳的膝盖上，放着一本单一等级①的轮船的宣传册，小册子镶着银色、金黄色和银蓝色的边。在蜘蛛形吊灯的光线下，罗阿弋萨太太裹着紫色的头巾，仔细看着两人间和四人间的图片，配有双层床，十分精致，小床配有窗帘，陶瓷洗手池上方有长方形的镜子。

---

① 单一等级就是不分头等舱和普通舱。

"您觉得如何，巴尔德尔？"

"很好，太太。"

伊莲内抬起烟草色的眼睛看着巴尔德尔。

"真好啊。就是这床太窄了吧！"

巴尔德尔微笑着对她耳边轻声说：

"你会让我挤在你床上吗？"

她用手指压住膝盖，笑着点头同意。巴尔德尔自问：

"我拿什么来回报她给我的幸福？"他轻轻抚摸着她的头。

"餐厅……你们看到了吗，像不像豪华游轮的二等舱？"

三个脑袋凑在一起，盯着大厅铺着地毯的地面，斜靠背的大沙发椅，雪白桌布上装饰的花束。

伊莲内的手臂靠在巴尔德尔的腿上，用手指在图上指点路线，巴尔德尔不知是关注照片上的景色还是看价格。

甲板上有许多小艇。内部寝舱。圣托司。港口（从塞拉山上看的视角）。吸烟者的大厅。圣保罗。市剧院。

印刷油墨的味道冲到巴尔德尔的鼻孔里，让他头晕眼花。在吸烟者的大厅，光亮的桌上放着象棋，黑色电线穿过圣托司海港，与铅色山脉平行，在布朗克河大道上，在坚固的大楼的街角旁，欧式三头路灯的灯柱发出乌黑的光芒。萨米恩托山。奥利维亚山。旅行路线。附加床。"同时支付三张船票的全部费用，且三人预订一间客房，每人可享受九折优惠。"汉堡——美国航线。金、银、蓝高脚红酒杯。船票请用法定比索支付。船上提供各类游戏。

伊莲内惊呼：

"这可真棒!"

巴尔德尔心想:

哦!她也富有梦想!她的生活可真美好!

突然,他很想拥抱她,将她在怀中融化,两人变成一个整体,伊莲内的神经指挥两人的躯体,满足伊莲内的任何想法。她将一只手放在他肩头,说:

"你无法想象我多爱你。"

她眯缝着眼睛。她光洁坚硬的额头,眼神游移在美妙的遐想中,露出一种至福的神情,巴尔德尔恨不能在此刻死去。在这种充满爱意的眼神下,她的性感散发着星辰的光芒,真是让人能轻易放弃生命!

巴尔德尔闻着这宣传册的油墨味,感到自己仿佛已在跨洋游轮上了。

"您觉得如何,巴尔德尔?"

"我觉得我陷入美梦了,太太。"

罗阿弋萨太太将额头一撮白发撩到耳边,眼中发出了亲热的光芒,她对眼前跪着的女儿和这位有必要成为她永久伴侣的男人在一起的场景很满意。

巴尔德尔触摸着姑娘的头发,打开一本书。

"你觉得这本书如何?"

伊莲内跳了起来。

"这是什么?这是指南吧?"

"是指南。一本西班牙酒店官方指南。"

"是旧版还是新版?"

"太太！是崭新的。您看看出版日期。"

"是呢，妈妈……1929 年。"

"这本书是普里莫·德·里维拉①将军下令出版的，是西班牙国家旅游遗产局编辑的。这可是本好书，太太。您看……您会看到的！我们随便翻一页……这里……例如，瓜达拉哈拉省的西归恩萨镇，埃利亚斯酒店，二十间房间，容量……"

"容量是什么？"

"可容纳客人数量。您看：四十位客人。那没有电梯，也没有电话，也没有暖气。你们看到了……这上面的信息真全。不提供餐饮的住房，最好的房间是每天十一比索……带餐饮的住宿，也是十一比索。这是西归恩萨镇最好的酒店了。"

"那里有几个酒店？"

"我看下。"

伊莲内读道：

"一、埃利亚斯酒店。二、威尼斯酒店。三、情侣旅客之家。"

"我们也去格拉纳达看看。"

"格拉纳达？"他们翻着书，"这信息真是无穷无尽。光酒店信息就有十一页……你们看这里，在格拉纳达，有一个旅馆叫'阿根廷'。"

"真是厉害！居然叫阿根廷。地址在罗伯斯广场 10 号。"

---

① 普里莫·德·里维拉（Primo de Rivera）将军，1923—1929 年期间执政，是西班牙的独裁者。

"他们怎么收费，切？"

"你看。他们有六间房间，食宿全包，每天九比索。"

"这可不是本旅游指南，巴尔德尔，这都像本字典了。"

"就是啊。"

"您花了多少钱买的？"

"他们问我要了三比索，我差点四仰八叉了。本以为这书要二十比索。"

"分门别类，很精彩。"

"您看……这部分有粉色卡片纸，全是西班牙餐厅，这另一张上全部是停车库……"

"这真是本好书。"

"真厚啊。"

"一共有六百五十三页，不仅如此，每页还有英文和法文。书店的店员跟我说，这是他们唯一的一本，是寄给他们的样本。"

"我们可不能随便打发它。"

"当然了！现在我们就是缺少一本西班牙铁路指南，要是配齐了，我们到西班牙都不用问人了。拿着这本书和指南，我们就能随心所欲，一步都不会走错。"

"亲爱的，这一切都像梦一样。"

罗阿弋萨太太说：

"普里莫·德·里维拉的书可真厉害！政府里唯一能做点儿好事的就只有军人。"

伊莲内站在客厅中间，手叉在腰上，心里在思考：

好吧，现在我们要做的就是筹到钱。

罗阿弋萨太太甜甜地加了一句：

"还有离婚。我们不能半途而废。"

巴尔德尔不再盯着带窗帘和洗漱池上的长方镜子的双床房了。他觉得罗阿弋萨太太关注的是他离不离婚，而不是旅不旅行。一个讽刺的声音在他耳边倾诉：

"你想怎样……你希望我们冒这么大的险，就因为你的漂亮脸蛋？不是的，亲爱的，幸福都是有代价的。"

罗阿弋萨太太补充道：

"另外，我们到那儿后，可以在马德里郊区租个房子。我在《媒体报》上看到，西班牙的房租下降了很多……"

"亲爱的妈妈……我们会住在一家旧宅子里……"

"我喜欢阁楼。"

伊莲内伸出手臂绕过巴尔德尔的背，巴尔德尔眯上了眼睛。他仿佛都看见古老教堂的穹顶、银色星星点缀的蓝天中的亮晶晶的屋顶。

巴尔德尔看着伊莲内说：

"丫头……你弹一首阿尔贝尼斯①的作品吧。"

寂静的深夜，传来一首悲伤的引人深思的曲子。

"这是哪首？伊莲内。"

"《科尔多瓦》。"

铺着河床小石子的小路。孤独的高墙。从一个灵魂中流出

---

① 佩德罗·阿尔贝尼斯（Pedro Albéniz，1860—1909）西班牙作曲家。

夜晚的蓝色忧郁。

"你弹一首《阿斯图里亚斯》吧，亲爱的。"

松林。公路旁的客栈。丛林中的瀑布。树林的空地上有男人和女人们，沉醉在甜蜜的穆涅伊拉舞之中，太阳将草地调出了黄绿色。

"你弹一首《西班牙随想曲》吧，丫头。"

铜盘互相碰撞。马车从曲折的道路的石子中飞奔而过。卷曲的性感流苏，六孔竖笛吹出的水晶丝线，将小提琴的留白和竖笛的深情串在了一起。

伊莲内放开钢琴：

"想想这些都是我们的!"

伊莲内抱紧巴尔德尔，沉浸在这男人带来的景象和快乐之中，眼中露出了不断增长的欲望。她的生命在扩大，在一束光束下颤抖。公鸡在喔喔叫，预示着夜晚的流逝，罗阿弋萨太太提醒道：

"巴尔德尔，您要赶不上火车了。"

"亲爱的妈妈，还有一个小时呢!"

时间总是太短! 过得太快了! 罗阿弋萨太太，裹着紫色的头巾，蜷缩在她金色的椅子上思考问题，伊莲内则盯着巴尔德尔，轻轻触摸他脸庞的线条，钟表上的时间在他们这儿仿佛加快了，齿轮运转的速度仿佛翻了倍。他们想要将时间永远停在这完美的一分钟。但这是不可能的。他们离地面太远了，悬在一种粉红色梦想的空中，隐约能看见蓝色花园中的拂晓，橙子的香气从云端倾泻下来，他们半眯着眼睛，巴尔德尔极度悲伤：

"为什么我不能现在就死去呢？"

"只有半小时了，巴尔德尔。"

"好的，太太……我得赶最后一班车……"

出发！舍下她！他们恋恋不舍地看着对方，仿佛他的离开让他们陷入无尽的不幸之中。但希望又不经意地升起，她笃定又快乐：

"我们再也不要分开了，亲爱的……"

"不分开……就算我们想分开也做不到了。"

他们互相如此迷恋对方，几乎要跳起来了。

他们的嘴唇触碰着，屏住了呼吸。他们仿佛置身热带，夜晚突然袭来的橙子香让他们近乎昏厥。银色的大星星在他们双眼中间闪耀。厚嘴唇的非洲女人们盯着他们，在宽宽的香蕉叶间微笑。羞怯从他们的肌肤上脱离。他们渴望赤身裸体躺在一起，哪怕在一位羞怯的黑女人的注视之下，她是这白人女孩的同谋。这女黑奴在绿叶丛中给她递来一碗热巧克力，伊莲内没有掩盖自己裸露的肌肉。她轻轻闭上眼睛，手搭在男人的阳具上，两人同时在呻吟。

"亲爱的！"

"亲爱的！"

"只差一刻钟了，埃斯塔尼斯劳。"

巴尔德尔一跃而起。他得走了。门开了，一道光照亮了黑红相间的五边形马赛克瓷砖。他拉着伊莲内的手臂，碰到了黑色锯齿状树叶。突然，巴尔德尔感到伊莲内紧紧抱住了他，两人胸贴着胸。他们的嘴唇凑在了一起，牙齿都碰撞了起来。两人又互相推开对方，拒绝对方：

"你走吧！亲爱的。请走吧！"

"让我走吧，小丫头……让我走吧。"

三声公鸡的啼叫声，与它们的红色鸡冠一起，划过了黑夜。

斗争的末尾

早上 9 点钟。

巴尔德尔办公室窗户上的金属框格将蓝色的天空划成了规则的马赛克。巴尔德尔将脖子靠在转椅的靠背上，用一只手掌遮住双眼，徒劳地想要集中精力，计算预制水泥结构的成本。

这成本不少于四万比索。如果要打个九折……伊莲内还没打电话。真奇怪！西门子公司可能会打个九折，甚至是八五折。也许 13% 的折扣是最合适的。他会怎么说？斯宾格勒·透平公司可能会给 11% 的折扣……

他微微张开眼睛。马赛克蓝色天空射来尖锐的光芒，像硫酸蒸汽一样刺激了他的眼睛。他生气地合上眼皮。他感到嘴巴很干。在手指肚下面，额头的皮肤干燥发烫。

尽管他不想见伊莲内，但她的脸庞透过他的眼皮，进入了他的脑海。巴尔德尔只得放弃将她从脑海里抹掉的想法。

他仿佛看见她蜷缩在沙发的一角，面露怒色，阴暗的光线将她的眼睛凹陷成了两个三角形。巴尔德尔长叹了一口气。

伊莲内紫色的脸颊上滚下了大颗眼泪，她无可奈何地摇着头，埃斯塔尼斯劳突然对她感到一阵无尽的怜悯，有一种离开办公室、赶去蒂格雷的冲动。

"西门子公司……哦！这水泥预制结构跟我有什么关系……"

玻璃门转了十度。听差从门后探出鼻子和黑色帽子来，巴尔德尔听到他说：

"有一位阿尔贝托先生找您……"

巴尔德尔的第一反应是拒绝。但他考虑了下，轻声道：

"谈谈也好……跟他说进来吧。"

"您怎么样了，阿尔贝托？"

机械师握了握他的手，好奇地从眼镜后看看他。阿尔贝托穿着红条纹低领的衬衫，戴着黑色的领带。长风衣敞开，露出马甲和带坠儿的皮带。

巴尔德尔对他感到一阵敌意，但依然假装亲切，示意他坐下：

"请坐吧！"

"您在工作吗？我打扰您了吗？"

巴尔德尔脑中闪过一个念头：

他还一无所知。

他回答：

"不……没在工作，阿尔贝托。"

"您最近怎么样？"

"不错。"

"我知道，我知道。我在街上遇到罗阿弋萨太太了。她跟我说你们想去西班牙。"

"现在只是有这个打算……还什么都没做呢……您怎么样?"巴尔德尔心想:

这人什么都不知道。

阿尔贝托在他眼镜后露出不易察觉的微笑。一会儿，微笑就在他刮过胡子的脸上消失了，眼中露出恶狗一样的神情。他仿佛有一种急切的渴望，巴尔德尔对他的敌意加深了。他无法解释为什么这个人让他如此厌恶，尽管他还帮过自己不少忙。两人陷入了长时间的沉默。巴尔德尔透过铁窗看着马赛克蓝色天空。他偷偷地想道:

"这无赖是来监视我的。肯定是罗阿弋萨太太派来的。"

机械师的目光从铬纸设计图转向巴尔德尔的脸。两人的眼睛都停在了一种凝固的、清澈的空气中，埃斯塔尼斯劳的心跳得越来越快，他的感官在高度集中的注意力中磨钝了，突然，阿尔贝托用口哨般的声音说:

"巴尔德尔，您给我讲讲呢，您觉得祖列玛会不会欺骗我?"

巴尔德尔的嘴巴逐渐张开。

"什么! 您不知道她欺骗了您?"

阿尔贝托恶狗般的神情加剧了，他沮丧地回道:

"连您都知道祖列玛欺骗我了……"

"不……我不知道……但我猜想，您该知道，她那样子肯定是有外遇了。"

这两人对视发愣。

"您把我当成这样的人？"

巴尔德尔感到气愤，固执地说：

"怎么！您不知道她欺骗您了吗？"

机械师弓起背，仿佛要一跃而起。他好奇地打量着巴尔德尔的脸。

"您说的话是认真的？"

"当然了，我是认真的。"

"但是，巴尔德尔……"

巴尔德尔瞪了他一眼。

"那么说，您不允许她做出欺骗您的事了。"

"我怎么可能允许啊？"

"哦！看来我错了！真是的！我还很肯定，您想要您妻子去做妓女般的勾当呢！"

阿尔贝托看着巴尔德尔，就像看着个疯子。巴尔德尔则大笑起来。

"真是厉害！这么说您跟这整件事完全没关系了？你会相信我吗，阿尔贝托？我以为您是……"

阿尔贝托沮丧地瘫在椅子上。两颗泪珠缓缓从他脸颊滚落。巴尔德尔对他感到无尽的怜悯。

"阿尔贝托！拜托……抱歉……我把你想歪了……我看祖列玛总是聊罗多尔夫的事情，您也总是满不在乎。我还能怎么想呢？"

机械师一只手肘支在桌子上，用手托着腮帮子。他悲伤地看着这马赛克蓝色天空。巴尔德尔在心里快速推理：

我错怪他了。如果我错怪了他，那我对伊莲内的看法可能也是错的。

"阿尔贝托，你怎么了？告诉我吧……"

"祖列玛昨晚跟我坦白，她委身于罗多尔夫了。"

巴尔德尔努力抑制对阿尔贝托所谓不知情的怀疑，然后强调说：

"您真的不知道？她没完没了提起这家伙啊。"

"您看……事情就是这样。"

"哥伦布大剧院的舞蹈演员……真奇怪！我以为您不爱您妻子了……但现在我发现我错了。但如果我错了。那您爱您妻子，却允许她一整天在市中心活动，这怎么解释呢？"

"因为我们有协议。"

"协议？"

"对。有一天祖列玛跟我聊到了背叛丈夫的女人，我对她说：'如果有一天你爱上别人了，没有必要隐瞒我。我相信女性跟男性有同样的社会权利和性权利。但如果发生这类不幸的事情，请你直接告诉我。我会立刻还你自由。至少我们对严格遵守真诚相待的原则是满意的。'"

"阿尔贝托，那您相信……和女人的协定？"

"我本来相信……"

巴尔德尔带着讽刺，脱口而出：

"对……是真的……现在我想起有天晚上祖列玛说，您要是没给她那么多自由，也许她也会因为好奇，产生想要欺骗您的欲望。"

"祖列玛才没那么愤世嫉俗。你不觉得吗，巴尔德尔？"

"我不知道……而且如果您那么爱祖列玛，为什么对她提这舞蹈演员那么无动于衷呢？"

机械师的目光从桌上抬起，手指尖依然在转着橡皮，偷偷窥探巴尔德尔的脸。话语从他薄薄的嘴唇间像哨子一样溜出来：

"我对祖列玛迷恋他人已经习惯了。"

巴尔德尔心想：

他的眼睛好多了。眼皮没有上次那么肿了。

"您都看见了，巴尔德尔，祖列玛的性格就是充满激情。这种性格是因为她遗传了梅毒，她生在酒鬼的家庭中。您想象下，这种环境给她带来了狂热的性格，结婚后，我花了很长时间才适应，一个人总是在无可奈何的时候选择适应所有的事情。不管怎样，祖列玛是个好人，相信我，但她控制不了自己的性格。我举个例子，有一段时间她爱上了罗多尔夫·瓦伦迪诺。我们家每个角落都有这瘾君子样家伙的照片。一天晚上，我厌烦了罗多尔夫，我就把家门锁了，不让她去罗多尔夫上班的电影院看电影。你知道祖列玛做了什么吗？她从围墙翻了过去，穿过邻居家，去了电影院。"

阿尔贝托说话的时候，巴尔德尔站在那，双手插在口袋里，看着两座重叠的城市：摩天楼的城市躲在了角落，低矮石墙的城市则延长了它断裂的水平线。一阵惊恐占据了他的心，他回头看向对方，察看他的脸色，讥讽道：

"阿尔贝托……你觉得伊莲内会不会也是这样？"

机械师不断用力摇头：

"不不不。您想错了，巴尔德尔。伊莲内是个规矩的姑娘，这点我可以向您保证。您大可放心。"

巴尔德尔讽刺地笑道：

"祖列玛难道不是规矩的姑娘吗……您什么时候认识她的？"

"这很不同……就像我刚说的。自从祖列玛对罗多尔夫的迷恋消失之后，她就开始迷恋雕塑，开始用石膏做模子了。我不知道她从哪儿搞来这任性的想法，但她从早到晚待在家里，自己都快变成了一座雕塑了。厨房的桌子上没有了叉子，只有雕刀，石膏板和牛排混到了一起。她还用圆底锅和大炖锅去烧她的糨糊。我下班到家，根本看不到做好的饭菜，我只看到她穿着白色的风衣，全神贯注地盯着她做的雕像初稿，我只得去小饭馆吃饭。巴尔德尔，您说实话，我不应该反抗吗？艺术挺好，我不去跟她吵了，但有时候我也很烦饿着肚子在街上游荡。给老婆挣钱回来……她在做啥？她都不想想我，从不……她只想着她的石膏……您说说看，任何人在这种情况下，灵魂都会掉到脚边了，对吧？"

巴尔德尔面对自己的桌子，努力对阿尔贝托保持严肃。要是他遵从内心冲动，定会哈哈大笑，但他心想：

我没猜错，我当时就说她是个自私冷漠的人。伊莲内跟她是一模一样的，哪怕站在我面前这无知的人拒绝承认。

"您在想什么，巴尔德尔？"

"我在想，您对祖列玛真是有巨大的耐心。"

阿尔贝托低下头：

"对，确实是很大的耐心。那么多！但我想：她还是个小女孩，还可以教育。我有义务来教她。有人教过她什么东西吗？没有。她的任性就是她性格敏感的明证。您会看到。她把家搞得乱糟糟，却没有任何雕塑家的天赋，最终她厌烦了自己的做法，就会迷恋上陶器，变成中国陶器专家，用糨糊粘上不同颜色的纸片。然后她又会厌倦了这个，花了我一大笔钱去买旋转画笔，她还想给我画个画像，有两个周日都让我一动不动坐着当模特，我也说服了她，她又选错了行。最后她终于选择了一些实际点儿和经济点儿的爱好：她想成为小说家！我，像往常一样，对她说你爱干什么就干，于是她开始写一部与罗多尔夫·瓦伦迪诺恋爱的虚构小说。自然，她就是女主角，而他则包裹着浴袍出现在梦幻般的房间里。我不知道能怎么想，巴尔德尔，要么是我妻子疯了，要么我就得毁了她的灵魂才能解决这事，要么我就永远忍受这些。有一次，我失去了耐心，我打了她一顿……您看，巴尔德尔，您要是我，会不会做一样的事？"

巴尔德尔将目光投向办公室湖蓝色的踢脚线。

机械师继续说道：

"最后她说服了自己，她的事业是唱歌，您看，这次她没有困惑……我做出牺牲，让她去学习，这就是她给我的回报。"

阿尔贝托眼镜后面滚下了两颗眼泪。他心情沮丧，不断重复着：

"这就是她的回报……回报……"

"抽烟吧，阿尔贝托。"

巴尔德尔想要理解对方的痛苦，但不大可能。他的思绪总是围绕伊莲内。他坚持问道：

"您难道从来没想过，祖列玛和伊莲内是一样的女人?"

机械师斩钉截铁地说：

"不，不，巴尔德尔。伊莲内是个正经姑娘，是好人，是良家闺女。她接受了父母的严格管教，懂得什么是规矩、尊重、原则。"

巴尔德尔脑中飞旋：

阿尔贝托不用水泥都能造一座摩天大楼了。真是无知!

对方继续说道：

"她俩不能比。伊莲内是理智的。我很清楚。我经常观察她。也许像其他早熟的女人一样，有点儿过于热情。"

"这么说您也观察过她，您可以保证她的品行喽，对不?"

"为什么您不断强调这个呢? 您有什么不放心吗，巴尔德尔?"

"有时候是不放心，但我们先说您的事吧。这么说，您都习以为常了……"

"对……祖列玛突然对某样莫名其妙的东西着迷，我已经习以为常了，她不断说起舞蹈演员，我故意不重视她的话。"

"那祖列玛为什么要跟你坦陈她偷情了呢?"

"她绝望了!"

"绝望! 对什么绝望! 她可不是一个会内疚的人。"

"罗多尔夫似乎不想再跟她发生关系，她太难受了，就忍不住告诉了我真相。好几个晚上她都无法入睡，天天哭。"

"真是装模作样! 所有女人都认为哭能解决问题。请告诉我，伊莲内知道这件事吗？"

"不，如果伊莲内知道的话，早就提醒我了。您不觉得吗？她可是我的朋友。"

这两个男人相视无言，茫然不知所措。一个阴暗的想法穿过两人的脑海。他们真的了解这两个女人吗？阿尔贝托摇了摇头，仿佛驱散疑虑，用口哨般的声音自言自语：

"不。伊莲内不知道这事。不然她肯定提醒我了，你不觉得吗，巴尔德尔？"

埃斯塔尼斯劳很想告诉他：

"他难道不像还在吮手指的孩子？您可太天真了。今天就光说些无凭无据的话。他还爱着他妻子，想要原谅她。他那套理论，梅毒遗传者都是些妓女，简直是一派胡言。要是女人跟男人一样有频繁换性伴侣的需求，那么为什么他还在跟我讲这悲剧呢？他完全可以对祖列玛献身于罗多尔夫的事保持冷漠。阿尔贝托爱他的妻子。但是，我想利用这个心理时刻，看看阿尔贝托是否对我有所隐瞒，谜底马上就会揭晓。"

他提出个问题：

"请告诉我，阿尔贝托……有一天晚上，我跟伊莲内坐火车，被罗阿弋萨太太突然撞见，这是不是您准备好的埋伏？"

"巴尔德尔……您不相信世界上的任何人……"

"我无法相信……"

"但您看，您对我的判断就是错的。"

"对，这是真的……但您看，阿尔贝托，我在玩火。我对伊莲内半信半疑。"

阿尔贝托抬起头。

"伊莲内是好姑娘吗?"

"是的,巴尔德尔。是的,伊莲内是好姑娘。也许有一点儿性感。"

"您看,阿尔贝托,我很爱伊莲内。"

阿尔贝托想了想说:

"对,我知道您的事。您对纯洁的想法太过浪漫了。您忘了,女人也有自己的需求,跟男人一样会思考。但您别把伊莲内想成坏姑娘。相信我,巴尔德尔,伊莲内是好姑娘。我是看着她长大的。当然了,您看到祖列玛对我做的事,也怀疑伊莲内的为人,这也正常,但我们情况不同,巴尔德尔。是真的。您得清醒下。祖列玛是梅毒遗传者,她在一个没教养的家里长大。父亲是酒鬼,母亲毫无道德可言。从这猪圈里还能长出什么大家闺秀啊?伊莲内情况不一样,巴尔德尔。伊莲内很爱您。"

巴尔德尔隐隐地微笑了。

"您觉得她爱我?"

"您还怀疑这点啊?当然了。这姑娘同意跟已婚的您交往,就是因为爱您啊。另外,伊莲内家教很严。她母亲是个很善良的太太。她有点脾气,但是个很讲道德的人,她看到您和伊莲内的处境,很是难过。如果我不认识伊莲内,就不会跟您说这些话了……您想想,巴尔德尔,她就像我女儿一样……您看……她三年前才开始单独出家门……在她父亲死后。"

巴尔德尔咬着嘴唇,忍住不笑:

这人以为一个女人需要天天往街上跑才会失去童贞？他的话都是前后矛盾的、空洞的。她母亲是讲道德的人，不知道这男人从哪发现了她严格的道德准则。

他坚持说：

"她还有过男友……"

"那时候她还小啊，巴尔德尔。他只会跟她讲讲天上的星星……他们都没到以'你'相称的地步……只是精神上的恋爱。"

"啊！是嘛……"

他们沉默了。一道太阳光洒在墙上，一阵巨大的喇叭声传到了房间。巴尔德尔心想：

这人的说法根本没法得到证实。如果他能被天天见的枕边人欺骗了，又怎么证明偶尔见面的其他女人是良家妇女？祖列玛没欺骗他，而是违背了协定。那么，如果罗阿弋萨太太的道德准则很严格，就不会允许女人跟有妇之夫交往，更何况她还对这男人的离婚承诺半信半疑。但我也不是骗子，因为我最初对伊莲内和祖列玛的判断都一一证实了。那么，我这个骗子就成了被骗的。另外，如果我对祖列玛、阿尔贝托和伊莲内有不好的看法，那也是他们的不良行为导致的。但要是我对伊莲内的看法错了，那该怎么办？我对机械师的看法就错了。

他痛苦地蜷缩在沙发里。

如何将真相从这一堆残酷的表象、证据、反证中搞清楚？难道不是魔鬼在指挥这充满陷阱的游戏？我不想欺骗伊莲内。我爱她……但她却欺骗了我！

巴尔德尔再次发动进攻：

"伊莲内不知道祖列玛与罗多尔夫有关系，这可真奇怪。她俩可是无话不说。"

"不，因为我问过祖列玛，伊莲内是否知道，祖列玛跟我保证她绝对不知道。伊莲内对此一点不知情。"

巴尔德尔耸了耸肩。

种种猜测与废话让他头昏脑涨，他不安地闭上眼睛。毫无疑问，他进入了这条漫长的黑暗之路。只有上帝才能救他。但这太奇怪了！他跟阿尔贝托一样，想要跟伊莲内签订一种真诚相待的协定。他记得在雷蒂罗车站的穹顶下，在一个路灯旁，他问过伊莲内，是否是处女。尽管她的回答是肯定的，他却没法完全相信。他以前几乎确信，阿尔贝托想要他妻子背叛他，现在他发现，阿尔贝托是个真诚的人，爱着他妻子，很天真，因为所有天真的人都相信协定和真诚。伊莲内像祖列玛一样撒谎。阿尔贝托确保伊莲内的正直，就跟四十八小时前他信誓旦旦地确保祖列玛忠诚于他一样。他这么做完全是无意识的。这条漫长的黑暗之路上出现的粉红色海市蜃楼已经消失了。"一切皆有可能的国度"里雪一样的纯洁变成了让人恐惧的沼泽地。他们浑身沾满污泥，在沾满油污的太阳下跳跃，发出口吃的魔鬼的叫声。这地上全是臭气和粪便，可怕的杂草地上溢出蓝色的鳞茎，伊莲内和祖列玛呼唤他们，用沾满沥青和黄色粪便的手艰难地做着手势，巴尔德尔大喊：

"这太可怕了。"

"不是吗？"

埃斯塔尼斯劳将目光投向阿尔贝托，突然对他产生了巨大的厌恶感。阿尔贝托的愚蠢反射出他的愚蠢，那人的愚笨就是自己的愚笨。阿尔贝托是他——埃斯塔尼斯劳·巴尔德尔的镜像，一瞬间，他感到一种极度的羞耻，他感觉在千万证人面前被欺骗了，这些人大笑，并保证：

"这人是如此愚蠢，还相信放荡女人的纯洁。"

"你在想什么，巴尔德尔？"

"我脑子太乱了，阿尔贝托。生活是一架可怕的机器。我意识到了，这些问题比解数学题难多了。您要怎么办？"

"我不知道……我不知道……巴尔德尔……"

"好吧，请您理解我……您别杀人……杀人有什么好处？"

"是啊……是啊……"

阿尔贝托站起身来。他们已经没什么要说的了，伸手握了一下，机械师的眼神又变成了恶狗的样子。他转身去开玻璃门了，突然，埃斯塔尼斯劳再也忍不住了，一定要跟他说这个秘密：

"请过来，阿尔贝托。我得跟您说一说。这是个很糟糕的消息……"

机械师站在办公室和阴暗的走廊之间，松垮的帽子在一只手和半张开的嘴之间悬着。他走了进来，嘟囔着：

"您妻子死了？"

"不……我和伊莲内断了。"

阿尔贝托睁大了眼睛，张着血红的嘴，跌坐在椅子上，抬起头问：

"发生什么事了？"

巴尔德尔站在书桌前。他克制讲话的速度，就像是站在一群学生面前，只有慢慢说才能让他们听懂：

"昨天下午，我寄出了一封挂号信，在信里跟她提出断了关系。我以为您是罗阿弋萨太太派来找我的。"

"这不可能，巴尔德尔。到底发生了什么？"

"伊莲内不是处女。"

"您说什么？您疯了吧！她怎么不是处女？"

"她不是处女，阿尔贝托。"

"可是……这不可能。您有什么证据？"

"昨天上午她委身于我了。"

"什么！她一直没有委身啊？"

"没有……昨天，算我倒霉，她献身了。"

"她不是处女？"

"她演了出戏……只是一出戏而已。"

"巴尔德尔……别这么说。"

"对我而言，这可真是一出悲伤至极的戏。请别生气，听我说。这是我这辈子最难过的一幕。她赤裸地躺在我身边，我虚伪地笑着，心底里都凉透了。在我心底这一切都结束了。您家的孩子，像您喜欢称呼的那样，是一个完全深谙取悦技巧的女人。"

"怪不得您刚才问我那些问题。但这是不可能的。"

"为什么不可能？就因为她是您朋友？"

"巴尔德尔，我们身处什么样的世界？不，不会的。您肯定错了。您说，你不害臊吗？不能给小姑娘扣这么重的罪名。"

巴尔德尔心想：

这人真的自相矛盾。之前说女人对性关系的需求与男人一样自然，现在又变了。我真是在浪费时间。

"您看，阿尔贝托……我不想说。但您就是负主要责任的人。好吧。您听好。"埃斯塔尼斯劳在机械师的耳边说话，像是怕有人听他们的秘密一样。

他若有所思地摇摇头，脸朝下，被说服了。他认真思考，悲伤地说，自己都不信自己：

"您看，身体上那些器官的运转确实有点奇怪。"

"您说什么都行，巴尔贝托，但这姑娘不是处女。另外，您和我都不是医生，没资格谈论这些器官的运行。真实的事情是，伊莲内假装自己是处女，演了出戏。她欺骗了我。我是多么爱她啊！为什么要骗我呢？有什么必要？发生的事情不是很愚蠢吗？非常愚蠢！您想想，我们认识的第一天，我就表示出非常善解人意。我可能在次要的细节上撒了谎。但在根本问题上我一直都很真诚，我要是虚伪点，还能得到更大的好处呢。她在小市民母亲的陪伴下，用虚假的贞洁来要求我离婚。要不是因为我见证了您遇到的不幸，我也会把您当成那女人的同伙。"

"巴尔德尔，别这么说。"

"不，阿尔贝托。那姑娘的母亲真是个不要脸的好演员，还有脸炫耀自己的道德观。我和您真是两个少有的白痴。你提到罗阿弋萨太太家，还总是啧啧称赞呢。祖列玛可比她们规矩一百倍，真的。"

"巴尔德尔，您太激动了，您都不知道在说什么了。伊莲内是个好姑娘。她母亲也是规矩人。她允许您进她家门，就是因为您许诺会离婚。"

"太可笑了！那太太难道还能出于我长相让我进家门么。我都能预见到，找个小白脸的动机也比她们现在的动机要规矩得多。罗阿弋萨太太能让我进家门，就是因为我承诺离婚。她女儿出嫁的价格就是我的离婚？要不是这样，为什么会在家接待我？我就是笔大生意，一个极好的傻瓜，管理得当就还能有点儿用，哪怕是用来作婚姻中的夫姓。只有白痴才能接受这样的恶行。这家人在掩护他们的恶行，阿尔贝托。那些人不仅毫无羞耻，而且是奸诈的伪君子。现在我明白了，有一次，这位让人尊敬的寡妇对祖列玛说道：'巴尔德尔是个白痴。'您怎么想？我观察了很久，一直没有发表意见，因为只有这样我才能发现最终的真相。什么都逃不过我的眼睛。我进入那些人的家，就像进入贼窝。不知道从哪个地方就会给我背后捅上一刀。"

"您难道从没想过会挨这样的一刀吗？"

"难道您想过祖列玛的背叛？没有吧。但您可不缺这些经验吧？您来看我……仿佛您还在怀疑您妻子的话。"

阿尔贝托摇了摇头。他找不到理由来为自己的朋友辩护。最后只能说：

"我看您是对贞洁有些偏见。"

"贞洁是神圣的，就像她们对离婚也有偏见，只有我离了婚，这婚姻才算合法。我觉得我们在偏见问题上真是势均力敌。另外，说实话，您以为我很在意伊莲内的贞洁吗？不是的，我根本不在乎！我早就怀疑她不是处女了。证据并没有让我惊讶。我在她面前能假装平静。"

"那么为什么呢？"

"我想跟您说另一件事。即使那姑娘跟一百个男人发生过关系，我一点儿都不在乎。难道我不是跟一百个女人睡过觉么？"

"那么，巴尔德尔，你是为了什么？我不理解！"

"我厌恶这种设计好的谎言，毫无道德的母亲和虚伪的女儿合谋，两人搞了一出闹剧。我跟伊莲内说我已婚的时候，她有义务跟我说真话。但她设下了圈套，我从这圈套里获得了什么？跟你们搅和到一起，真是我一生最屈辱的烂摊子，玷污了自己。"

"这么说，要是她承认自己不是处女，您就不会进她家门了？"

"这问题真是居心叵测，阿尔贝托。现在我无法确定我会怎么反应。现在我的精神状态跟以前不同了。我只能根据目前发生的事情来反应，想起我为她做的傻事。我无法跟一位内心世界与我完全不同的女人发生关系。我找伊莲内的目的并不是找一位情妇。情妇我能找一堆……伊莲内也知道。她对我而言是纯洁的爱。"

"我理解。"

"我倒是更希望您不理解我。也许您还没理解我。"

"您为什么这么说？"

"我感觉您是我的敌人。"

"我理解您身上发生的一切，巴尔德尔。"

"谢谢。我刚才跟您说什么来着？啊！伊莲内……我也想像您这样，全身心地塑造我爱的人。我想象全部的生活都献给了她。我们会一起努力。我想给她最好的我。我还想过，这不是花言巧语，阿尔贝托，不是的！我想过：当她长到二十四岁的时候，所有的男人和女人都会回头看她，羡慕她。她被看成是端庄的女性。您看，端庄女性变成了遮遮掩掩的玩偶，人尽可夫，满怀恶意地笑。这不可怕吗？"

烧焦的盐味的泪珠从巴尔德尔的脸颊下滚落。他生气地擦了擦眼皮，说：

"你别在意，阿尔贝托。我被羞辱了，世界上从来没有人像我那样被深深地侮辱过。我将生命纯洁的梦想寄托在一个女人身上，她却是一个任何男人都可以毫无顾忌地触摸的人。我呢，我虽不是小姑娘，却也被击垮了。我以为只要真诚就有力量。您看我多难过！我可怜的真诚没能引起伊莲内一点点的怜悯和高尚的感情。什么也没有！她除了关心我们的婚姻，其他都不关注，她的灵魂太贫瘠了。就是这个！一个干瘪的灵魂，只想要满足欲望，只会撒谎。就是这个！撒谎女人的灵魂。她总是撒谎，阿尔贝托，一直都是。她甚至撒谎说她不知道祖列玛的事……"

"她没有撒谎。"

"她撒了谎！她对您也撒了谎，她对母亲也撒了谎，她对祖列玛也撒了谎……她对我撒了谎……她对所有人撒了谎。她撒谎因为她有个秘密，她撒谎因为她血液里有黑人的血，黑人总是说谎的，所以他们才服从于白人的鞭子。"

阿尔贝托坚持说道：

"祖列玛对我说，伊莲内不知道……"

"祖列玛也撒了谎。"

"那么，还能相信谁？"

"您问我？我怎么知道能信谁！谁都不能信，什么都不能信。"

巴尔德尔的痛苦不断增长，脸颊似火一样在燃烧。阿尔贝托像对着一个棋盘一样在冥思苦想。埃斯塔尼斯劳接着说：

"现在我理解了她的沉默。她眉毛的扭曲和讽刺。她奇怪的性行为。我还像个傻子一样在讲爱情。这天真的小姑娘早该笑话我了！她和她母亲！她们一定笑死了，她们会说：这个人到底是不是已婚男人？"

"巴尔德尔……巴尔德尔，您可真是！您太小题大做了。伊莲内又善良又亲热。她是性感，我不否认，有一点儿性感，但仅此而已，巴尔德尔。您错了。我认识她父亲……"

"他是军队的中校……您接着说……她母亲是有道德准则的寡妇，是不是？"

"您别开玩笑，巴尔德尔。"

"您才在开玩笑呢，阿尔贝托。我可没心情讲笑话。"

他们已经无话可说了。他们起身告别，机械师透过他的眼镜，仔细看着巴尔德尔发黄的脸，最后强调说：

"您看，巴尔德尔，您错了。您记住，您错了。您不能毫无证据地惩罚他人。您错了。您做的事情非常不公正……对……对一个姑娘太残酷了，不公正，她唯一的罪不过是很爱您，为您献了身。"

巴尔德尔摇了摇头，断然拒绝：

"我没错。已经结束了！伊莲内不是处女。您好好理解下我的处境。她不是处女。可很不幸，我还爱她！"

阿尔贝托从书桌上拿起帽子，有点儿犹豫，向巴尔德尔伸出手，轻轻地握了下。他走了出去。他停在走廊里，好像要说点儿什么，但什么也没说，他的脚步声在亚麻布地毯上慢慢消失。

埃斯塔尼斯劳跌落在沙发里，将手肘顶在书桌上，将脸埋在僵硬的双手中，幽灵的声音在他耳边轻诉：

"巴尔德尔，您对机械师隐瞒了一半的现实。为什么您没跟他说昨天，伊莲内走了以后，你妻子来了，你和她和好了呢？"

"伊莲内不是处女。"

"你将这个事实变成了逃跑的借口。很好，巴尔德尔！我们不讨论了。你有赌徒般非人的理性。你将伊莲内的谎言下了赌注，你可没输。你战胜了偶然的法则……但你会回去找她的，因为你赢得很痛苦，不能满足自己。"

"我已经完全收手了。"

"你会回去找她的。"

译后记

　　我是阿尔特的"粉丝"，又是阿尔特第一部和最后一部小说的译者。如今键盘光标停驻在最后一句译文的末尾之处，我发现自己已经读遍了他的重要作品。就中长篇小说而言，这些文学作品足以拼出一个自足的文学图景。第一部小说《愤怒的玩偶》是自传性的底层呐喊，《七个疯子》与《喷火器》是20世纪初阿根廷社会全景的荒诞呈现。与这些小说相比，《魔幻之爱》却描述了一段执拗却低沉的爱欲絮语。主题发生了变化，叙事手法也有差别，但阿尔特小说一贯的特点却仍然在这部作品中保留了下来。

　　受制于合同期限，和阿尔特其他作品一样，小说依然是匆忙写成的。阿尔特没时间修改语法，他想要最为直接和快速地表达出他的想法。这是贫困与焦急带来的副作用。阿尔特也说过："有人说我写得文笔差，也许吧，要想写出优美的文笔，那得有闲暇、房租和舒适的生活啊。"事实上，阿尔特并不是很多人口中的"半文盲"，很多学者考证过他丰富的文学涵养，他先锋的叙事技巧和主题让其语言上的瑕疵变得无关紧要。其次，阿尔特依然在写布宜诺斯艾利斯市，依然描绘现代城市的阴暗面。主人公依然是一个中产小职员，他自称工程师，但这点也存疑，他的工作很简单，收入不高。在阿尔特所有的作品中，主人公都希望有非同寻常的事情发生来改变他们的命运，这可能是作者本人在贫困生活中的一种渴望。

《魔幻之爱》的故事情节很简单，中下层的已婚有子的工程师埃斯塔尼斯劳·巴尔德尔在火车站遇到了十六岁的钢琴女学生伊莲内。巴尔德尔感觉自己陷入了盲目的爱情，但接下来的两年内，他没有做出任何行动去找她。一次偶然的机会，伊莲内找到了他，两人陷入热恋，伊莲内的家人和朋友不断劝说巴尔德尔早日离婚迎娶伊莲内。巴尔德尔不断拆解着女方的亲友急于套住他的一切招数，最后他以小姑娘欺骗自己是处女为借口抛弃了她，将她定性为玩弄男人的荡妇。作者多样的叙事技术让这个简单的爱情故事显出了光怪陆离的一面：有第一人称视角的叙述，有主人公日记里的想法；有时，叙述者会突然插入评论，时而讽刺主人公，时而认同他的观点。这种多层次、多交角度的叙事，让整个故事拆分为了三个层面：一个是观众眼见的客观故事，一个是主人公的主观故事，一个是叙事者对整个故事的阐释。叙事者离主人公忽远忽近，随时给他剥下虚伪的面具，但又欲言又止。究竟哪个故事才是真的，留给读者去判断，但这也不重要，因为或许世间本不存在真实。

虽然科塔萨尔和其他一些评论家都认为《魔幻之爱》不如前面三部小说好，例如，两个主人公都有点儿扭捏作态，大段风景描述有点过于冗长，以致前辈译者都将这些风景描述做了大量的删减。但无论如何，本书是阿尔特向戏剧转型的一个中间产物，具有很多新的特点。这里没有了前几本小说那样的心酸、绝望和疯狂，而只是体现了小资产阶级文职人员的焦虑、沮丧和精神空虚，可能更能引起现代中产阶级的心理共鸣。主人公的心理活动和日记摘录中的心路历程变成了一种叙事学意义上的"不可靠叙述"，第三方叙事者忍不住的评论，与主人公的行动形成了一种强烈的张力。此外，主人公的日记其实是在他结束了与伊莲内的关系之后写成的，他重新梳理了这段故事，将自己塑造成受害者。

主人公巴尔德尔控诉小资产阶级道德和爱情的虚伪，例如伊莲内母亲要求他先离婚再同意他们交往，但实际上却默许他们在客厅里苟合；母亲担心邻居看见他们在一起，就借用伊莲内的一个女友的房子让他们相见；母亲在街上监视陪伴他与女儿，让他们保持距离，家宴却非常热络和温馨。与此同时，巴尔德尔却又通过自我表演介入了这一虚伪的情欲关系之中，他三次承诺要去办离婚手续，却从来没有这么做。这是一种清醒与不自知的奇怪组合，冷眼看着他人的虚伪戏法。而主人公自己却陷入了同样的戏法，他的心理活动只是是为了将错误推到他人身上，为自己的虚伪找到合理的论据，只有这样，他才能心安理得。

城市风景的描写是阿尔特小说的标配，作为阿根廷甚至拉美现代小说的鼻祖，其现代性就立足于城市。阿尔特将这故事的主要场景设计在火车站和火车上，这是城市与现代的象征。巴尔德尔像城市游荡者一样，观看和展现着这现代的景象，而且还设计了一个未来城市。他对布宜诺斯艾利斯的很多描写与张爱玲对上海的描写有异曲同工之妙，他们是处于同一时代的文人，他们都生活在港口大城市，这里有最新最现代的城市风貌，也有最虚伪、市侩和斤斤计较的居民。我们摘录两段对比一下。张爱玲在《草炉饼》中对上海的街道进行了如下描述："沿街都是半旧水泥弄堂的背面，窗户为了防贼，位置特高，窗外装凸出的细瘦黑铁栅。街边的洋梧桐，淡褐色疤斑的笔直的白圆筒树身映在人行道的细麻点水泥大方砖上，在耀眼的烈日下完全消失了。"阿尔特如此写阿根廷的街道："这是条石板路，两边是高高的荆棘篱笆和百叶窗紧闭的房子。一些潮湿的砖墙围起来的院子里传来潮湿的凉气，夹杂着鲜花的香气，远处传来电台庄严的音乐声，时而被公鸡尖锐的叫声打断。"张爱玲构建的都市时空体验，与阿尔特何其相似。

《魔幻之爱》是阿尔特从小说向戏剧转型的尝试，从叙事技巧来说，比其他几部小说更有野心，更为复杂。有批评家认为这是阿尔特一次最大胆的小说尝试。它具有了戏剧的特点，一幕幕的场景和很多的对话与独白都预示了阿尔特戏剧创作的起步。写作这部小说的同一时期，他已经开始创作他的第一部戏剧《三亿》（Trescientos Millones）了，这两部作品均于 1932 年出版。在《魔幻之爱》出版后，阿尔特加入了阿根廷甚至整个拉丁美洲第一个独立剧场"人民剧场"（Teatro del Pueblo），决定从此只创作戏剧，阿尔特也被称为阿根廷独立戏剧之父。因此，我们不妨说，《魔幻之爱》也是一部化身为"小说"的戏剧，是阿尔特戏剧创作实践在小说中先行显出的端倪。

总而言之，相对于阿尔特那一系列以 20 世纪初阿根廷社会为题材的小说，《魔幻之爱》更具有私人性，缺少了某种反讽和批判的冲动和语言风格上的草根性，但其语言更为老练，技法更为纯熟，形式更具有浓郁的现代主义色彩，仍然是一部带有"阿尔特味道"的好小说。而拉美小说，尤其是阿尔特小说的爱好者和研究者，也能从其中捕获阿尔特创作风格转型的蛛丝马迹。相对于充满"不正规"病句和阿根廷西班牙语"土味"的其他小说，这部小说的翻译相对容易，但要把握作者的独特韵味，却仍有诸多困难。作为阿尔特小说的爱好者，我勉力为之，希望能尽力捕捉原作风格的特点，也请读者和同行方家批评指正。